マリコ、東奔西走

Mariko, On the Move

林真理子

文藝春秋

目次

装画　坂口友佳子
装丁　野中深雪

マリコ、東奔西走

冬だから？

冬になると、幸福な人とそうでない人との差が、くっきりと表れるような気がする。夏はみんながカジュアルな格好をして、ファストファッションで気軽にやっている。お金のあるなしにかかわらず、なんとはなしに華やいだ気分。

しかし冬になると、家族や仲間がいるかどうかが重要な問題になってくる。大切な人たちと過ごすイベントが目白押し。貧しさや孤独が身にしみるような構造になっているのだ。

そのせいか、毎年暮れになると陰惨《いんさん》な事件が起きる。

大阪の心療内科クリニックで、放火によって二十六人が亡くなるという、身の毛がよだつような犯罪があった。犠牲になった院長先生は、メンタルが弱くなった人に寄り添う、とてもいいお医者さんだったようだ。通院している人たちが、現場の病院前に集まり、

「大切な心の拠りどころだったのに」

と泣いていた。

今回のことでわかったのであるが、病院の火事のいちばんの原因は、なんと放火だという。驚いた。

知り合いの精神科医に聞いたら、

「日本はまだ少ないけど、アメリカで刺される精神科の医者は多いよ」

人の心に踏み込むというのは、それだけリスクが大きいということだろう。それでも、メンタルの弱った人たちを救おうとする医師は立派だ。

しかしそういう医師も、立ち上がれないほどつらい時があるという。それは自分の患者に自殺された時だそうだ。

医者自身も自分を責める。中にはこの試練を乗り越えられず、精神科医をやめる人もいるそうだ。

医者でさえこうなのだから、身内の人たちはどれほどの苦しみ、悲しみだろう。

三十年以上前のことになるが、私は神田沙也加さんを見たことがある。代々木体育館だった。二階の客席に座っていたら、お祖父ちゃんと一緒に、幼ない彼女がやってきて近くに腰をおろしたのだ。

松田聖子さんのコンサートであった。満場の人々は熱狂していた。時折起きる〝聖子ちゃん〟コール。

途中で彼女が客席に向かって言った。

「今日は、娘の沙也加が来てくれているんですよ」

すごいどよめきが起こり、みんないっせいに二階を振り返る。沙也加さんははにかみながらも立ち上がり、小さく手を振った。その姿に人々は再びおーと叫んだものだ。

その時私は、

「大スターの娘でいることは、なんて大変なことだろう」

としみじみ思った。こんな小さな時から、日本国民のほとんどは、彼女の名前を知っているのだ。そして彼女の姿見たさに、一階の客すべてが振り向くのである。

人ごとながら、私は不安と同情を抱いたものだ。

「松田聖子の娘」

という人生が、穏やかで幸福なものでありますようにと祈らずにはいられなかった。

「将来彼女、絶対に芸能界に入らない方がいいよね、お母さんから出来るだけ遠い職業選ばないと、ずーっと苦労することになるよねー」

と帰り道、友人と話したものだ。

が、私の心配していたとおり、彼女の名前はやがて週刊誌をにぎわすようになる。小学校の受験の校舎にも、マスコミはやってきて、聖子さんの姿を撮ろうとした。

聞いた話によると、子どもの頃、学校でいじめられ、転校を重ねたそうだ。

そして十四歳で芸能界デビュー。

「よせばいいのに」

と正直思った。当時歌はあまりうまくなかったし、お父さん似の品のいい、綺麗な顔立ちは、ややインパクトに欠けるような気もした。

案の定あまり売れず、しばらくは休止した時期もあった。しかし彼女は諦めなかった。ミュージカル女優として、ずっと努力を重ねたのである。

そして「アナと雪の女王」の大抜擢。透きとおる歌声で日本中に知られる存在となった。

昨年、彼女が出ているお芝居を見た。それまでもミュージカルは見ていたが、あまりにもうまい女優さんになっていてびっくりした。美しさも増している。

大地真央さんの娘役だ。お母さんは作家で、かなり自分勝手に生きている女性、という設定。

沙也加さんのかなり長いセリフがあった。

「私が必要とする時、いつもママはいなかった。私はひとりぼっちだったのよ」

いつのまにか私は泣いていた。沙也加さんの人生の本音を聞いたような気がしたからだ。うーむ、長くしんどい道のりだったろうなあ。だけどもうここまでになったからいいではないか。こんないい女優さんになったんだから……。

カーテンコールの際、沙也加さんに、大きな拍手をおくった。

えらい、えらい。よく頑張ったよ。まるで親戚のおばさんのような気分。いつかこのことを伝えたいと思ったのであるが、沙也加さんにお会いすることはついになかった。私がレギュラーでホステスをやっている週刊誌の対談にも、出ていただけなかった。

そうしたら今回の訃報である。ショックだった。

友人たちからもＬＩＮＥがきた。多くが娘を持っている。

「母親として、こんなつらいことってあるかしら」

「聖子さん、可哀想すぎる」

札幌で神田正輝さんと松田聖子さんが二人、毅然としてマスコミに向かう姿に、私もまわりの人たちもみんな泣いた。

スターというのは、どれほどつらい時にも、こんな風にふるまわなくてはならないんだろうか……。そういえば私は、沙也加さんのご両親の披露宴に出ていた。輝くように美しく幸福そうなお母さんのウェディングドレス姿も見た。だからこんなに悲しいんだ。

今年もよろしく

一年たつのが、早くなるばかりである。

すごい勢いで加速していく……というのをしみじみと感じるのは、正月の箸置きを出す時だ。そう探すことなく、ダイニングテーブルのひき出しから、可愛い虎の箸置きが出てくる。そこに祝い箸をのせながら、

「まるで五年前かそこらだったような……」

しかし私はいい年なのであるが、干支がまるでわからない。大人の多くは、

「卯《うー》、辰《たつ》、巳《みー》、午《うま》」

と空で唱えることが出来るのに、私は全く知らないのだ。いったいいつ、みんなそういうことを憶えるのであろう。

昔、長谷川町子さんの「エプロンおばさん」という漫画があった。干支にまつわる回を妙に

よく憶えている。

エプロンおばさん夫婦が、正月に店に入り、しし鍋を注文する。

すると店の女将は、

「初めての客にわかりゃしないよ」

と鶏肉を混ぜるのだ。

ところでここの若い女性店員さんは、お正月なので日本髪に結っている。エプロンおばさんは、

「綺麗に結えたわねー」

と誉め、年を聞く。店員さんが、

「私はイノシシ」

と答えると、おじさんは、

「(ごまかして) トリじゃないのかい」

と大声でからかう。すると奥でそれを聞いていた女将、鶏肉ということがバレたと震え上がり、

「ご慧眼《けいがん》おそれ入ります」

と平謝りするというオチ。

この漫画によって、昔は女性の年齢を干支で答えた、ということがわかるのである。

が、長谷川町子さんや、エプロンおばさんを知っている人たちも、どんどん少なくなっていくだろう。そして干支を空で唱える人たちもいなくなるに違いない。

ところで今年の正月は、暮れからずっとテレビ漬け、頭も体もぐにゃりとしていくのがわかる。これがなんとも心地いい。

朝は箱根駅伝をスタートから見て、夜はスペシャルドラマ、その合い間にネットフリックス。ソファに横たわってだらだら画面に見入る。

「こんな朝から晩までテレビ見て、異常だと思わないのか⁉」

と、夫は初怒鳴り。

「お正月ぐらい、テレビ見たっていいじゃないの」

私は受験生か。

「正月だけじゃない。いつも帰ってきて夜ずっとテレビ見てるじゃないか」

「体と頭を休めてるんですよ。毎日忙しく働いて疲れているんだから」

「どこが働いてんだ。毎日遊びまわって」

聞いてください。本を一冊も読んだことがない人間は、今年も私のことを、

「ただの怠け者のおばさん」

と認識していくはずだ。半分はあたっているかもしれないが……。

ところで去年の紅白は、ちょっとがっかりしてしまった。いつものお祭り感がすっかり薄れ

ているではないか。

このあいだはYOASOBIやMISIAのコンサートにも行ったし、私は普通の年寄りよりは、新しい音楽を知っているつもりであった。

しかし去年の紅白の後半は、私が一度も聞いたことのない、トガったミュージシャンばかり。YouTubeで出てきたんだと。

彼らのほとんどが、暗い服を着て暗い照明の下で歌う。こういうのが流行っているのかと勉強させていただいている気分。

細川たかしさんとか、マツケンサンバが出てくると、パーッと心が明るくなる。

「年をとってくと、どんどん紅白が楽しみになっていくのに、紅白はどんどん私らから離れていくような気がするよ」

とこぼしたら、

「若い人にそっぽ向かれるのがいちばん怖い。メディアってそういうもんなんじゃないの」

と友人。年寄りの数は増えるばかりだが、やはり若い人に支持されたいものらしい。

まあそれは仕方ないとしても、どうか紅白は、中高年との絆を断ち切らないでいただきたいものだ。私たちの年代の正月の思い出は、すべて紅白と結びついているのだから。

子どもの頃、紅白を最初から終わりまでちゃんと見たいというのは、私の夢であった。幼ない頃は途中で寝かされたし、小学生の半ばぐらいからは手伝いをさせられた。

あの頃の商店というのは、大晦日《おおみそか》夜どおし開けていたものだ。夜遅くまで、正月の買物をする人がぱらぱら来るからである。

私は店のガラス戸の拭き掃除をしながら、遠くから聞こえてくる紅白の音楽を聞いた。そして、どんなに貧乏でもいいから商家ではなく、サラリーマンと結婚しようと心に決めたのである。

隣家の菓子店の従姉も、三十近くで結婚するまで紅白を一度も通しで見たことがなかった。その話をしたら、婚家先の人たちが、

「早く早く、紅白が始まるよ。早くコタツに入ってみろし（見なさい）」

と言ってくれ、とても嬉しかったということだ。

大人になってからも、毎年必ず帰郷していた私であるが、どういうわけか、大晦日を東京で過ごしたことがある。アルバイト仲間と、池袋の「熊の子鮨」でお鮨を食べていた。ここは立ち喰いのお鮨屋で、学生でもお腹いっぱい食べることが出来た。

店のテレビの画面に五木ひろしさんが映っている。

「今年レコード大賞も受賞されました！」

紅白で「ふるさと」を歌う五木ひろしさん。ぴかぴかのタキシード。

その五木さんも去年から出場されていない。思い出がポツンと薄くなる。

キャンセルとリモート

今日は朝から美容院へ行き着物を着た。前から楽しみにしていた、歌舞伎座での〝初芝居〟である。

人気役者中村獅童さんのご子息が、初お目見えということですごい話題になっている第一部の舞台だ。四歳のお子さんが奴姿で出てきて、その愛らしいことといったらない。場内割れんばかりの拍手である。

家に帰ったら、ロビイで会った友人からＬＩＮＥが入っていた。

「さっき一部の関係者にオミクロンが出て、明日はとりあえず休演だって」

ひえーッという感じ。オミクロンがついそこまで来ているとは。

が、このオミクロン、まだ正体がはっきりしていないゆえに、情報が錯綜。何が正しいのかまるっきりわからない。

テレビを見ていたら、専門の医者が、

「オミクロンは感染してもほとんどが軽症と言われているが、重症者が出てくる可能性がある。そして重症者が増えることにより、医療体制が逼迫《ひっぱく》することもある」

だって。

これだったら私にも言える。

このあいだまでコロナがちょっと一段落して、昨年出来なかった忘年会や新年会の予定がどっと入ってきた。二月の末ぐらいまで会食の予定がある。七、八人の集まりはもう無理であろうが、五人だったらどうする？　一人に欠席してもらうしかない。何だったら私が遠慮します……と今から気に病んでいる私だ。

私はお店にキャンセル、というのをめったにしたことがない。もしするとしても、一ヶ月ぐらい前だ。ドタキャン、などというのは許されないことだと考えるのは、私が小商いの家の娘だからであろう。

そういう人は他にもいて、仲のいい食いしん坊の女友だちからは、

「○月×日、□□鮨、カウンター二席どう？」

「○○屋のテーブルで三席あるよ」

とまるでダフ屋さんのように席の情報がくる。

私も昨年、なかなか予約のとれないお店のカウンターを、何ヶ月も前から押さえていたので

あるが、十日前ぐらいに、

「まことに申しわけないが、会社で会食禁止令が出たので」

と招待客からキャンセルが入った。

この方を接待するために用意した席だったので、私も行く気が失せてしまった。しかしお店のドタキャンは絶対にしない私。そしてどうしたかというと、弟と姪に行ってもらい、お店に頼んで請求書を送ってもらうことにしたのである。

とにかく昨年は、いったい何回キャンセルされたことであろうか。そのたびに他のメンバーを募《つの》ったり、あるいは席を譲ったりした。

私のようにフリーランスの人間と違い、企業に勤める人たちは、やはりルールはきっちり守らなくてはならない。いや、フリーランスの人間も、きっちりしている人は本当にちゃんとしている。

食事に誘うと、

「今どきハヤシさんは、よくそんなことが出来るわねー」

とかなり批判的なことを言われたこともある。そのたびに私ってやはりいい加減な人間なんだと落ち込む。

このコロナという厄災は、個人のパーソナリティをきっちりあぶり出すこととなった。

友人の一人に、マスクはくだらない、という人がいる。約束の場所に来るのに、電車の中でもマスクをせず、皆から睨《にら》まれたそうである。それでもマスクをしたくない。

「そもそもウイルスというのは、マスクなんていう無意味なことをしても仕方ないものであって……」

この後、かなり長くて専門的な話が続くので、ほとんど理解出来ない。

そうかと思うと、

「政府の対応がなっていない、最低である」

とがなり続ける友人もいる。

「でもうまくいっている国なんて、どこもないじゃない。コロナなんて初めてのことなんだから、すべてがうまくいくはずがないよ」

などと言おうものなら、

「だからアンタは意識が低いんだ」

と怒られ、この後長々と政治の話が続くのだ。

そうかと思うと、田舎へ避難した人もいる。驚いたのは豪放な性格だと思っていた男性で、

「ほとんど外に出なくなった」

という人がいた。バツイチで一人暮らしなので、食材は週一度、人のいない時間を見はからって、スーパーに行ってさっと買ってくるんだそうだ。仕事はリモートがほとんどなので、不自由はしないという。

リモートも、好きな人とそうでない人とではっきり二つに分かれる。最近は文学賞の選考会も、希望者はリモートでもOK、というところが増えた。

もちろんアナログ派の私は、リモートが好きでない。その場にいてちゃんと話したいと思う。それに見ていると、リモート参加の方は、議論が白熱していくと、口をはさむのが非常にむずかしくなっていく。その結果、発言力が弱くなっていく感じがするのだ。

手書きにこだわる作家は、たいていリモートが好きではないと思う。

講演会もリモートで、というところははっきり断る。どこで、どんな格好で聞いているかわからない人たちに向けて、何かを言うのは気が進まない。

が、こんな私でも、「リモート対談」は案外いけると思った。一対一が条件であるが、リアルで会っている対談の四分の三ぐらいは、空気が再現出来ている。

このあいだはカナダの学者さんとリモートで対談をした。もちろん通訳が入ったが、ウマが合ったというか、とても楽しい時間であった。

私の仕事場と世界が繋がっている、という壮大な感触を持ったのは今回が初めてだ。コロナ禍って、時空が、ふわふわするって思いませんか。

犬の思い出

夕方になると、犬を連れた人たちが出現する。

うちの近くに公園があるので、そこに向かう人たちだ。

たいていが小型犬で、トイ・プードルとかマルチーズ、そしてチワワ。ダウンの洋服を着せてもらっているコもいる。

歩きながら、ずうっと飼主を眺めているコの、可愛らしさといったらない。どのコも本当に幸せそう。

いいなぁー、と、ワンコを眺める私。三年前までうちもトイ・プードルを飼っていた。女の子で本当に美人であった。どのくらい器量よしだったかというと、連れて歩いていると時々、

「どこでそんな可愛いトイ・プードル手に入れたんですか」

と聞かれたものだ。

目と鼻のバランスがとてもよかったのだ。

しかしこの美貌が仇となった。どうやらブリーダーさんが、綺麗なコを産ませるために無理な交配をしていたらしい。

三人きょうだいで、弟だか兄だかは私の友人にもらわれていったのであるが、どちらも目が悪い。遺伝性のものでやがて失明してしまった。

うちのコも体が弱く、しょっちゅう病院に連れていった。子どもが、

「どうしても飼いたい。私がめんどうをみる」

と言って手に入れたトイ・プードルであるが、そんな約束が守られるはずはない。

朝晩の散歩は私の役目となった。といっても夕方から出かけることが多いので、これが夫婦喧嘩の火種となった。

夕方の散歩に連れていく夫が、

「オレばっかり世話をさせて」

と怒り出したのである。

「ヒマなんだからお願いしますよ」

などと言うと大変な騒ぎになる。仕方なく、出かける前に私が連れていった。評判のいい遠くの病院に通ったが、これも腹が立つらしい。

「車の中でキャンキャン鳴く。一人で連れていくのは大変なんだ」

ということで、いつも二人で行った。待合室で夫婦でいるなんて私たちくらい。私は仕事が忙しくてイライラしたものだ。

しかしこの犬は、異様なほど夫になついた。帰ってくるとまとわりつき、抱っこされるとクンクン甘える。寝るのはいつも一緒。が、朝起きると、夫は私にガミガミ言う。

「腕の上で寝るから、まるっきり眠れないじゃないか」

だったら床におろせばいいのにと思う。人に話しているのを聞いていたら、

「帰ってくると、大喜びしてくれるのは犬だけなんですよ。妻なんかフン、という感じですがね」

と本音を漏らしていた。

しかし肝臓が悪くなり、三年前に天国へと旅立った。十年の命であった。その時は家中泣きに泣いた。ペット専門のお寺でお葬式をしてもらい、お骨はリビングルームに置いてある。

「もう絶対に、二度とごめんだぞ」

と夫は言い、私もそのつもりであった。しかしこの頃、ワンコやニャンコに心が動いているのである。

近所に住む友人が、保護犬を飼いたいと頼んできた。

「どこかを紹介してもらえない？」

仲のいい人が、熱心に保護活動しているのでその旨伝えると、いくつかの写真を送ってきた。それを希望する友人にせっせと転送する。

「〇〇ちゃん　キャバリア・キング・チャールズ・スパニエル」

ものすごく可愛いワンコ。

「推定六歳、マイペースで穏やかなコです」

「△△ちゃん　テリアミックス。少し臆病なところがあります」

何匹ものワンコを見ていると、こういうコたちと暮らしてみたいなあと強く思うようになった。

ニャンコも譲渡してくれるそうだ。猫もいいなあーとあれこれ考える。作家はたいてい猫派。うちで仕事をしているからだ。冬の夜、あのぬくぬくした体を抱いて寝る幸福はもう遠いものとなる。

そう、スコティッシュ・フォールドのミズオとゴクミは、それぞれ二十年以上生きたっけ。頭が犬猫のことで占められるようになったある朝、新聞に一枚のチラシが入っていた。ヨークシャー・テリアの写真。

「犬を探しています。昨年の十二月二十八日、代々木公園で迷子になりました」

そしてびっくりする記述が。

「保護してくださっていた方には五百万円、情報提供者には百万円差し上げます」

「五百万！」

私はうなった。今すぐにでも代々木公園に行きたい気分である。

が、保護団体をやっている友人は言う。

「おそらく、誰かが拾って自分のうちに連れて帰ったと思うよ。きっとうちの中で飼っているよ。五百万という金額につられて返すかもねー」

「だけど犬をネコババしたのがバレるよ」

「捨て犬かと思いました、とか言うんじゃないの」

しかし一匹の犬のために、五百万出す人というのはどんな人なんだろうか。

ペットは家族と同じだけれども、どんなことをしても家族を取り戻したかったんだ。が、五百万という金額はすごい。どんな仕事をしているのか。連絡先は電話番号しかなかったが、私は女性で自分で商売をしている人のような気がする。見つかったならいいけれど。

ところで先日、ちょっとした会食があり和食屋さんに行った（まん防前です）。

そうしたら女将さんが、奥から女性従業員を連れてきた。

「ちょっとぉー、この人、ハヤシさんの本を読んで、名前つけたんですよ」

「まあ、ありがとうございます」

ごくまれであるが、熱心な読者で娘や孫に「マリコ」とか「マリ」とつける人がいる。すると彼女、

「昔、犬にルンルンってつけました」

そうですか……。早とちりした私が恥ずかしい。

インテリとの出会い

桝太一さんといえば、ずっと「好きな男性アナウンサー№1」。いかにも誠実そうな人柄と、優しい口調が人気を集めている。

そしてなんとこの方、東大大学院のご出身なのだ。専攻は生命科学で、アサリを研究していたそうである。

一度対談でおめにかかる機会があったが、本当に真面目な方で、マスコミの方と話している感じがしなかった。研究者らしい朴訥さもあり、ますますファンになった私である。

その桝さんが、今度日本テレビを退社され、同志社大学の助教になられるそうだ。科学を適切に伝えられる人になりたいとか。

ふーむ、よい選択ではなかろうか。

実は対談の時、

「アナウンサーというのは、誰にでも出来る仕事ではないけど、東大の大学院出てるならば、そちらを追求するのもアリかも」

ちらっと、もったいないなァと思ったのも事実なのである。

ところで東大の大学院といえば、今度このページの担当者となったS氏は、東大の大学院で中世史を専攻していたんだと。

「どうして学者さんにならなかったの。もったいないじゃない」

こちらは桝さんと違って、ズバズバ聞く。

「別のことをやりたくなって、編集者をめざしました」

「ふーん、そうですか……」

その時は、それほどの感想を持たなかったのであるが、変化はすぐに表れた。校正がねちっこいのである。

このページは、私が原稿を書くと、まず担当の編集者が赤を入れ、そして専門の校正の方がチェックする。

大学院修了の知識と正義感は、私の文章に遺憾《いかん》なく発揮される。テキトーなことを書く著者には、ぴしぴし指摘が入る。それが半端ではない。もちろん今までの担当者も、きっちりやってくださったのだけれども、今回はもっとすごい。

何回か前、干支のことを話題にした際、長谷川町子さんの「エプロンおばさん」を取り上げ、

最初私はこう書いた。エプロンおばさん夫婦が、お正月に「そば屋」に入り「鴨南ばん」を頼む。が、鴨肉が足らず、

「どうせわかりそうもない客だ」

と、店主は鶏肉を混ぜるストーリー。

一方、昔の正月だから女性店員さんは日本髪に結っている。

「おねえさん、綺麗に結えたわね。年はいくつ?」

とエプロンおばさん。

すると彼女は、「イノシシ」と干支で答える。するとお銚子に酔ったおじさんが、

「ごまかして。本当はトリじゃないのか」

とからかう。それを厨房で聞いていた店主は、

「ご慧眼おそれ入ります」

と平謝りするというもの。

こういう昔の漫画などを引用する時、作者は、

「かなり前の話なので、細かいことは違っているかもしれないが」

とエクスキューズを入れる。ずるいようだが仕方ない。今からエプロンおばさんのバックナンバーを探すとなったら、えらい作業となるのだから。

しかしS氏は、次の日、校正紙と共に「エプロンおばさん」のその回をちゃんと見つけ出し、

コピーして添付してくれていた。六十五年前！　六十五年前の、ある回である。図書館で探し出したそうだ。

それによると「そば屋」ではなく「とり料理屋」、「鴨南ばん」ではなく、おばさんとおじさんは「イノシシ鍋」を食べようとしていたのだ。となると、受ける印象はかなり違ってしまう。すみませんでした。

そしてつい最近のこと。犬の話題の際、

「うちの新聞に、『犬を探しています』のチラシがはさまっていた」

と書いた。

保護してくれた人には五百万、情報提供者に百万の賞金がつくという驚きのニュース。

「ポメラニアンの写真があり」

と書いた私。

が、S氏はさっそくこのビラを探し出してきた。犬は「ポメラニアン」ではなく「ヨークシャー・テリア」でした。すみませんね！

私は元来、テキトーな人間であるが、それでも本職の「書く」に対しては結構真面目にやっているつもりだ。小説に関しては、調べるだけ調べ上げ、専門家のレクチャーを受ける。

が、エッセイに関しては、そうきっちりやらずとも、

「そういえば、昔、こんなことが……」

と思い出すままに書くことも多い。もちろん調べられるものは極力調べるが、六十五年前の「エプロンおばさん」なんて、到底無理だと思っていた。

それなのにすごい。感嘆しているうち、やがて、

「東大大学院の頭脳を、私ごときのために使わせて申し訳ない」

という気持ちになってくる。本来なら出会うことがなかった私たちなのにね。

ところで全く話は変わるようであるが、元朝日新聞記者の外岡秀俊さんの死は、かなりショックであった。

一九七六年、私が大学を出たか出ないかの頃（自分のことなのに実にテキトー）、新聞に大きな広告が出た。現役の東大生が書いた小説が「文藝賞」を受賞したというのである。その学生の写真が実に美男子で、まるで俳優のような端整なお顔立ちである。石川啄木の足跡をたどった「北帰行」は、私らのようなふつうの女子学生も熱狂的に支持して、かなりのベストセラーになったと記憶している。

小説家になると思ったが、朝日新聞に入社されたというのもこの作者らしかった。

新聞社ならいつかはおめにかかれるかもしれないと思っていたのであるが、願いはかなわず昨年暮れ六十八歳で亡くなられた。

世の中には、出会えるインテリと、出会うことがなかったインテリとがいる。うまく言えないが、私は外岡さん的知識人には、会えない運命だったに違いない。

いろんな生き方

多様性たら何たらで、

「いろんな生き方があってもいいいんじゃないですかー」

という言葉がひとり歩きしている。

確かにそのとおりで、いろんな生き方が認められるのはいいことだ。

しかしこれにある種の冷たさを感じるのは、私だけであろうか。

今の世の中、人は断定的な口調を避ける。保守的とどうしたって叩かれるからだ。ああしろ、こうしろ、などという人生訓は前時代的なものになっている。だからたいていの人が、判で押したようにこう言う。

「いろんな生き方があってもいいいんじゃないですかー」

それよりもはるかに、私の心に刺さった言葉がある。テレビに白髪の老人が映っている。

「世界でいちばん貧しい大統領」で知られる、南米ウルグアイのムヒカ元大統領だ。

彼はドキュメンタリーの中で、こう叫んだ。

「若者よ、人生を一人で生きるな。仲間をつくれ、家庭をつくれ」

ああ、私も昔、同じことを考えたなあと思ったものだ。

まだ子どもの頃、親が死ぬのが本当に怖かった。私の家は親が高齢だったため、いつも母からこう言われていたのだ。

「マリちゃんが大人になる前に、お父さんもお母さんも死んでしまうんだよ」

結局母は百一歳、父は九十一歳まで長生きしたのだが、とにかく子ども心にそのことは本当に恐怖であった。母としては、勉強しないぐーたらな娘にはっぱをかけるつもりであったろうが、子どもにああいうことは言わない方がいいと思う。

そしてその時私が考えたのは、絶対に結婚して子どもをつくろうということ。家族がいれば、親が死ぬ恐怖からは少しは免れられるのではと思ったのだ。

しかし大人になってから、この考えは大っぴらに口に出来なくなった。なぜなら物書きになった私のまわりにいた人たちは、みんな意識が高くて、それこそ結婚や子どもなどというものに執着しなかったからだ。結婚したいと公言した私など、かなりバカにされたものである。

それからまた歳月がたった。先日は六十六歳の男が、母親の死後、親身にめんどうをみてくれた医師を殺害する、という事件が起こった。私は背筋がぞぞっと寒くなった。犯人はほぼ私と同い齢。昭和の家族の価値観を持っている。家族もいないし仲間もいなかった彼は、親が死ぬことの恐怖と孤独に耐えることが出来なかったのだ。

そして地域医療のために、ひたすら努力していた善意の医師が殺されてしまったのである。犯人には全く同情の余地はないが、今後こうした〝狂気〟に陥《おちい》る老人は出てくるに違いない。人はひとりでは生きていけない。孤独は怖ろしい妄想を生んでいく、と実感した。

そんな時に、フジテレビの「ザ・ノンフィクション」がものすごい反響を巻き起こしていたのである。

私はもともとこの番組のファンでたいてい見ているが、視聴率もそう高くない地味な番組だ。ところが、最近いろんな人がこの話題を出す。出てきた女性「ミナミさん」は、ツイッターのトレンド入りを果たしたほどである。

この「ザ・ノンフィクション」は、「結婚したい彼女の場合～コロナ禍の婚活漂流記～」というタイトルで、二回にわたって放映された。

ミナミさん（仮名）は、私大の法学部を出て、飲食関係の会社に入社した。今はホールといって、店内のサービスをしているが、三十歳で月の手取り十三万というのに驚いた。正社員でこの金額では、当然一人暮らしは出来ず、親と同居しているのであるが、このコロナ禍で、仕事のシフトは少なくなるばかり。彼女は、

「専業主婦になりたい」

という夢をかなえるべく、結婚相談所の門を叩くのだ。

このミナミさん、平凡な容姿だけれども、きちんと育ったお嬢さん、という感じで好感がもてる。が、恋愛経験が全くなく、あまりにも世間知らず。

相談所で紹介された資産家の男性とおつき合いをしながら、もう一方ではぐいぐいくる介護士のことを好きになってしまう。彼に腰に手をまわされ、

「まだ帰りたくない」

とか言われると、もうそれだけで舞い上がってしまうのだ。

この結婚相談所の女性所長さんが、ものすごく強烈で、人生の示唆《しさ》にとんだ言葉を口にする。

「ここは恋するところじゃないの。結婚をするところ」

そしてミナミさんをこう叱る。

「あなたね、もっと人間力を身につけなさいよ」

そうだ、そうだと、多くの人たちが同意する。

「人間的にあまりにも未熟だ」

「思い込みが激しい世間知らずの女性」

と批判も多いのであるが、なぜかみんなミナミさんから目をはなすことが出来ない。

なぜなら、テレビに自分をここまでさらけ出し（仮名であるが）、がむしゃらに幸せになろうとしている彼女に、一種の清々《すがすが》しさを感じているからだ。

「結婚相談所なんてフン」

「お金も結構かかってイヤ」

と言うのはカンタンだ。だけどあなたは何をしているの、という問いをミナミさんからつきつけられるようである。

所長は今、心配している。コロナのせいで、社会に出たばかりの二十代前半の女性が次々と入会してくるからだ。

若いコにはかなわない。ミナミさん、早く誰かと成立しないと、と所長さんはやきもきしていた。

ムヒカ大統領（当時）は言っている。

「私たちは幸せになるために、この地球に生まれてきたんだ」

と。だけど幸せになるのって、なんて難しいんだ。みんながそれぞれの答えを出せるほど強いわけじゃない。仕事とか結婚とかまずはありきたりのことからやってみる。

「いろんな生き方」が見つかる人は、めったにいるもんじゃないんだから。ホント。

恨まれてる

二ヶ月ほど前のことになるが、ホリエモンのインターネット番組にゲストで招ばれた。

彼は文化人の団体、エンジン01のメンバーなので旧知の仲なのだ。あちらはどう思ったかわからないが、イキのいい人と話をして私は結構楽しかった。

「ハヤシさん、今は右の方にいかないと本は売れないよ」

「そうかしらね」

「右の方の人たちはお金持ってるから、百田尚樹さんみたいに売れるんだよ。左の人はなかなか金を払わないからね。あっち側に行ったって本は売れないよ。だからハヤシさんも、自分のポリシーを曲げない範囲で右の方に行った方がいいよ」

というアドバイスをいただいた。そのうえ、私のネット炎上に触れ、

「ダメダメ、こういうこと言っちゃ。僕なら避けるね」

と断言した後で、話題は突然秋元康さんのことに。

「高校時代、いちばん頭に来たのは、秋元さんがおニャン子の高井麻巳子さんと結婚したこと」

大ファンだったそうだ。

「あの頃、ネットというものがあれば、全国の中高生がいっせいに秋元さんの悪口書いたね」

物騒なことを言うので、

「あなた、秋元さんと仲よしじゃないの」

とフォローしたところ、

「今だったら秋元さんの才能や人柄がよくわかるけど、当時の高校生がわかるわけないでしょう」

あなたは口惜しかったかもしれないけど、秋元さんは最高の選択をしたよね、と私が言い、二人で秋元夫人がいかに素敵かについて盛り上がった。

「今でも本当に美しいし、人柄が素晴らしい。おニャン子で一番どころか、あの年頃の女性で一番だったんじゃないの」

ここでやめておけばよかったのに、調子にのった私は、

「もし秋元さんがさ、○○○○なんかを選んで結婚していたら、今、こんなに仲良くしてないかもね」

と口走った。

帰りしな、スタッフに尋ねた。

「あそこは当然編集してくれますよね」

「いいえ、うちは全く編集しないのがウリですから」

また余計なことを言ってしまったと、二日ぐらい悔やみ悩んだ私である。

これから〇〇〇〇さんは、絶対に私の対談に出てくれないだろう。ご存知の方もいると思うが、私は別の週刊誌で対談のホステスもやっているのだ。

時事ネタも書くエッセイと対談。これはかなり矛盾するものではないだろうか。有名人の悪口を書きたい、これは絶対に非難したい、と思ってもつい筆致が弱まる時がある。

「いや、いや、いずれ対談に出ていただくかもしれない。こんなことを書いてはマズいかも」

と忖度してしまうのだ。

レストランや何かの集まりで、芸能人や有名人とすれ違う時がある。そういう時、軽く会釈するのであるが、無視されることも。もちろんこちらをご存知ないこともあるだろうが、そういう時、

「はて、なんかマズいことを書いたかも」

とあれこれ思いめぐらす。

こんな生活を四十年近くしてきた。そしてわかったことがある。

私は知らないうちに、人に恨まれている。多少顔を知られている身なら仕方ないと思うこと

もあるが、一般の方でも私に根強く腹を立てていることがあるのだ。嫌い、というのとは違う。漠然とした嫌悪感ではなく、私から嫌なめにあっていたのである。

最近あるイベントで地方に行った。主催者が楽屋に紙袋を届けてくれた。

「ハヤシさんの大ファンという方からです」

よく名物のお菓子をいただくことがあるので、私は有難く受け取った。が、中身は違っていた。

私はもう憶えていないのであるが、二十年ぐらい前、歌舞伎を観に行ったところ、後ろの女性がかけ声をかけた。

「〇〇屋！」

「待ってました！」

ひやっとして思わず振り返った。男性だけで行なわれる（子役の女の子が出ることもあるが）歌舞伎に、女性の声は唐突である。基本的に歌舞伎座には、「大向こう」というセミプロがいて、この方たちがタイミングよく声をかけることになっているはずだ、などということを私はこの「週刊文春」に書いた。

その女性は、振り返って「睨んだ」前の席の女が、私と認識していた。そして「週刊文春」でこのいきさつを読んで確信した。

やはりハヤシマリコだったんだわ。この方はかなり頭にきたらしい。地元の業界誌にこのことを書いている。

「彼女は何年歌舞伎を見ているか知らないが、私は昔から大ファンなのだ」

しかもこの方はお金持ちらしく、贔屓《ひいき》する歌舞伎役者がいて、彼に尋ねる。女がかけ声をかけてはいけないのかと。するとその役者さんは言ったらしい。

「お客さまは何でもお好きなように楽しんでください」

ほらみろ、と彼女は書いている。私は正しい。

それにしてもハヤシマリコって、本当に嫌な女。何かひと言いってやりたい。しかしこの方はお年（七十代）なので、ネットに投稿することは思いつかない。だが私が当地にやってくる。彼女はエッセイを書いた業界誌に付せんをつけ、紙袋に入れた。ついでに手紙も。

「自分がよく知らない世界のことを、お書きになるのはどうかと思いますよ」

ちょっと気がひけたのか、ひと口羊かん三個入りも入れて。

そして私の楽屋に届けてくれたのだ。私への恨みは、こうして二十年ぶりに日の目を見たわけである。

ものを書くというのは、人のいろいろな感情を引き受けることだとつくづく教わりました、ハイ。

ワクチンの休日

今日は三度めのワクチン接種の日であった。

ワクチンをうつたびに、

「ああ、私ってトシヨリの部類に入ってるんだなぁ……」

としみじみ感じる。

手押し車を押す方や、杖をつく方と一緒に椅子に座っていると、若いきびきびとした係員の女性が寄ってくる。

「はい、接種券出してください。はい、それから身分証明出来るものお持ちですか」

とても親切にしてくれるのであるが、「ゆっくり・丁寧」。お年寄りをいたわる口調だ。

「そんなの、わかってるわよ。私はね、前期高齢者になって日が浅いんだから」

心の中でちょっとむっとしたりするのだが、

「ここにお名前と日付、お願いしますねー」

そう、書類にちゃんと不備があったのだ。すみませんねぇ。

終わって外に出ると、向こうからこれからワクチンをうつお年寄りがぞろぞろと歩いてくる。みんな似たようなファッション。女性はパンツ、というよりズボンを穿き、暗い色のダウンを着ている。

自分もトシヨリであるが、こういう渦の中に入るとやっぱり、トシヨリのワン・オブ・ゼムになる。早く脱出しなくてはと、足早に歩く。

その時、私の中にひとつの情景が浮かび上がってきた。

それは二十年以上前、ある映画の完成試写会に行った時だ。主演は森光子さん。老人たちがいっぱい出てくる人情劇だ。

舞台挨拶は二手に分かれていた。右側が森さんやいかりや長介さん、谷啓さん、といったおトシヨリ組。そして左手はジャニーズも含む若い方々。老いも若きも、かなり豪華な配役である。

司会者が森さんに尋ねる。

「撮影中、いちばん印象に残ったシーンは何ですか」

「そうですねえ、それは○○さんと最初に会った時、ぶつかりそうになるシーンですかね。岡持ちを持った○○さんが、うまく私をよけられず、右に行ったり、左に行ったりするんですよ」

そして森さんは、

「ちょっと今、やってみませんか」

と言う。○○さん（誰だか全く記憶にない）は、やや緊張しながら前に出る。森さんは前に進む。舞台の中央で、短かいコントのようなものが行なわれた。

「どうもありがとうございました」

大きな拍手。

その後、森さんは当然のように、左側のグループに戻っていったのである。

さすがと私は感嘆した。

森さんは人柄のいいことで有名な女優さんであった。

「だけど単にいい人であるだけじゃ、これだけの大女優にはなれなかっただろうなぁ……」

トシヨリの部に入れられてしまったのを、とっさの機転で脱け出したのだ。すごい。

さて、ワクチンも打ち、今日はこれから何をしようかなあと考える。接種後に何かあったら困る、というので、今日一日何の予定も入っていないのだ。まだ朝の十一時、駅に向かっていくと、アディダスの大きなショップが目についた。ジャージのパンツが、ちょっと古くなってきたし、長袖のトレーナーも欲しい。どれ、ちょっと入ってみましょう。

びっくりした。あまりにも広く、あまりにもおしゃれ。最新のスポーツウェアが素敵にディスプレイされている。これほどトシヨリに場違いなところはないであろう。

「何をお探しですか」

まるでモデルのようなスタイルの、女性店員さんに聞かれた。

「ジムで着るトレーナーを……」

最近はマッサージで着ることの方が多いのであるが、まあいいか。

いろいろ見たのであるが、最近のウェアというのが、あまりにもファッション性が高く、どこかが透けていたり、短かかったりするものばかり。ふつうのものを探すのがひと苦労だ。

まぁ、これを着て来週はちゃんとジムに行こう。

午後からは映画に行くことにする。前からスピルバーグ監督の『ウエスト・サイド・ストーリー』を観たかったのだ。

「あなたも一緒に来て」

秘書を誘った。なにしろワクチンをうった当日なのだ。何が起きるかわからない。隣りにいてくれた方が安心だ。

さてあれほど期待していた映画であるが、私は前作の方がよかったと思う。あまりにもリアルに表現しようとした結果、前作よりも華に欠けるような気がする。

「そうですか？　私はすごく感動しましたけど」

二十五歳の秘書は、リメイクだということも知らなかったようだ。

「ヒロインのマリアがあんまり綺麗じゃなかったもの。あれじゃダンスパーティーで、ひと目惚れするシーンに説得力ないかも」

「確かに。ふつうの女の子でしたね。歌はすごくうまいけど」

「前作はね、ナタリー・ウッドっていう、目もさめるような美しい女優さんが演じていたの。もっとも歌が歌えないいから吹きかえだったけど」

そう、リタ・モレノとか、ジョージ・チャキリスといった、個性的で魅力的な俳優さんもいっぱい。演出も前の方がよかったと、ついトシヨリの愚痴になる。

「でも群舞は素晴らしかったわよねー」

売店で買ったパンフレットによると、オーディションの募集をＳＮＳに流したところ、大変な騒ぎになったそうだ。そりゃそうだろう、ミュージカル俳優をめざすコにとって『ウエスト・サイド・ストーリー』は、聖書のようなもののはず。端役でもどんなに苦労して役をかちとったかと思うと、胸がきゅんとなるのは、『コーラスライン』を見ているせい。トシヨリになると、やはり蓄積されていく感動もあるのだ。

戦争が始まる

この二十一世紀の世の中に、よその国に侵攻するなどということが起きるとは。本当に信じられない。許せない。しかしいくら国際社会が憤っても、あのプーチン大統領は何もこたえないだろう。どこか神経の回路がおかしいようだ。

「ロシアの人たちは、いったいこの侵攻をどう考えてるんだろう」

と思っていたら、ロシアでもさっそく抗議デモが起こったようであるが、ただちに拘束されたようである。

ロシアは昔から政治的にルールを破るようなことばかりしてきた。

思い起こせば第二次世界大戦末期の八月、ソ連は不可侵条約を一方的に破って満州に侵攻した。この時、日本人の開拓者が、どれほどの辛酸をなめたか。いろいろな本を読むたび涙がこぼれる。こういう日本人は多いらしく、反ロシア派はいる。若い頃、私は狸穴《まみあな》のソ連大使館

（当時）の裏手に住んでいた。

タクシーの運転手さんに、まず、

「ソ連大使館に」

というと、関係者と思われたのか、

「オレはソ連が大嫌いだね」

とねちねち言われたことも。

それでも大人になれば、取材や遊びでモスクワに行くこともある。が、あまりいい思い出がない。

行ったのが真冬で、脳天をつき刺すような寒さ。ふつうのショートブーツをはいていたがとても耐えられない。私はノミの市で、中古のスキーブーツを買った。汚れていて中がドロドロしていた。それは仕方ないとしても、雪の中、みなでレストランに行った時のことだ。古い大きな店である。開店時間の二十分前に行ったら鍵がかかっている。

「そこの広いロビイで、ちょっと待たせてくれませんか」

通訳が交渉したが、〝ニェート〟。

「えー、こんな雪の中、入れてくれないの⁉」

寒いよーと足踏みを始める私。近くで大きな焚火をしていたから、そこに入れてもらった。

腹が立ったのはその後だ。食事をしていると、ウエイターたちが煙草をねだってきたのである。

いったい何を考えているのと、私は日本語で言った。

「二十分前、ロビイに入れてくれさえすれば、煙草なんていくらでもあげたのに」

当時のソ連には、サービスという概念がまるでなかった。ホテルの各階には、コンシェルジュというか、見張り係の女性が座っていたのだが、私が毎朝、

「ドーブラエウートラ（おはよう）」

と声をかけても知らん顔をされたっけ。

いろんな国を旅したけれど、当時のソ連ぐらい感じの悪いところはなかった。ロシアになってからも、一度モスクワに行ったけれども、店員さんの感じはあまり変わっていなかったような。

とはいうものの、分別ある大人として、

「あの国嫌い」

と口にするのは、さすがに憚られる。私はこの何年か、ロシアの国をなんとか理解しようとした。というほどたいしたことはしていないが。

まずソ連というのは、ものすごく苦労した国なのだ。第二次世界大戦の国別の戦没者を見ると、ソ連がダントツ一位である。戦死者が千四百五十万人、民間人は七百万人という信じられないような数字だ。

ちなみに日本人の戦死者は二百三十万人、民間人は八十万人である。

歴史に残るドイツによるレニングラード包囲戦では、なんと百万人近い市民が亡くなっている。その原因のほとんどが餓死というから、むごたらしいことこのうえない。

ある学者さんによると、

「ロシアがあれほど協調性がないのは、第二次世界大戦のトラウマがあるから」

ということである。

それにつけても不思議なのは、最近この対独戦を描いた『戦争は女の顔をしていない』が、日本でベストセラーになったことである。ソ連はなんと百万人を越える女性兵士がいたというから驚く。

そしてこの本に影響された『同志少女よ、敵を撃て』は、日本の作家によるものであるが、こちらも大ヒット。直木賞の候補にもなった。フェミニズムの気配もあり、若い読者がついた。

突然ふってわいたようなソ連ブームが起こったのだ。

思うに、ソ連時代のロシアというのは、暴力的で悲劇的で、そして民話のにおいがする。それゆえミステリアスなムードが強いのであろう。

さらによくよく思い出してみると、六〇年代、七〇年代のソ連というのは、それなりに世界から尊敬されていなかったか。ガガーリン大佐、宇宙への先駆者。

国家体制による、映画の超大作が次々とつくられた。「戦争と平和」の戦争シーンはあまりにも壮大でリアルで、中学生の私は映画館で目をおおったものだ。

そう、トルストイとドストエフスキイを生んだ偉大な国。ツルゲーネフやチェーホフもいる。サンクトペテルブルグでオペラもバレエも観た。感動した。それなのに今のロシアは、世界中の嫌われ者ではないか。嫌われているくらいならまだいいが、そのうちに憎悪されるに違いない。世界のどこかで憎悪が始まると、それが連鎖して戦争が始まる。私はそれが怖くてたまらないのだ。

私は今ぬくぬくと暖かい書斎でこの原稿を書いているが、雪の中を脱出しようとするウクライナ市民がいる。何もこの寒さの中、侵略しなくてもいいだろう。厳寒のつらさはいちばんよく知っているはずなのに、ロシアという国は。

元に戻る

春の気配が近づいてきたが、一向に気が晴れないのは、ロシアのウクライナ侵攻のせいである。

友人が言っていた。

「ずうっと気持ちが重くなるから、テレビを見るまい、見るまい、と思ってもニュース番組に釘づけになる。そしてもっと重たくなってしまう」

私も同感である。

といっても、憂えてばかりでは何にもならない。

今週は仲間と協力して、二つの団体から声明文を出し、個人的にはウクライナ大使館に寄付をした。

ウクライナのスーパーの棚は空っぽになりつつあるというが、どうか、このささやかな寄付が、パンやスープになって届きますように。

今回、多くの日本人が、このウクライナの悲劇について同情を寄せている。ウクライナ大使館には、今日時点で二十億円の寄付金が集まっているというからすごい。

地続きのヨーロッパと違い、日本はウクライナからは遠く離れている。危機感はずっと薄いはずだ。

しかし「他人ごと」と考える日本人があまりいないのは意外だった。

「戦争って本当に起こるんだ」

という衝撃と、

「これだったら、台湾も危ない。次は尖閣だって……！」

という気持ちが芽生えてきたからではなかろうか。

台湾。私の周りでは、たいていの人が台湾が大好き。よく、

「自由に海外に行けるようになったら、どこに行きたい？」

という話になるが、みんな口々に、

「台湾に行きたい」

食べ物がおいしい。海外高級ブランドもいいが、手芸品の小物が本当に可愛くて、ショッピングが楽しい。何よりも台湾は、人あたりがとてもいい国なのだ。

ホテルの従業員も、タクシーの運転手も、お店の人もみんなやさしい。街は緑が多く、高い

ビルがないので空がよく見える。

台湾旅行中は、ホテルのレストランではなく、朝食は地元の人が行く食堂に向かう。あちらの人は、朝飯も外食なのだ。

熱々のお粥や饅頭、豆乳をいただく。どれも出来たてで美味。時々カケラを、そこらへんに寝そべっている犬に投げてやる。

あんな日はいつ戻ってくるのであろうか。

戻ってくるといえば、このところちゃんとしたお葬式に出たことがない。

昨年の暮れ、こんなハガキがやたら届いた。

「○○は△月□日に逝去いたしました。生前のご交誼《こうぎ》に深く感謝いたします。なお、通夜、告別式は、家族、近親者だけで済ませました」

お線香の一本でもと思っても、それは迷惑がかかりそうなので、おうちにお花を送るようにしている。

お葬式だけではない。出版社のパーティーも簡素化が目立つ。

そもそも文学賞の選考会も、食事が出ることがなくなった。お茶だけでぱっと済ませ、即解散。

別にご馳走が食べたいわけではないけれど、コロナ前は、選考会の後、お食事が出てお酒も入る。

「あの作品は惜しかった」

「が、受賞作にはかなわない」

と、他の選考委員とわいわいガヤガヤ食事するのは楽しかった。その後は銀座の文壇バーに流れることもあったが、それはもうずっと昔のことのような気がする。

そして授賞式となるのであるが、このところどこの社もパーティーは行なわれていない。何百人も集まる華やかな催しは、今の世の中、許されないことらしい。

もうそれは当然のことだと思うのであるが、ふと不安になる。

「コロナが収まっても、もう昔のようにはならないかもしれない」

一流ホテルでの大宴会は、さぞかしお金がかかるに違いない。気も遣う。

「なかったらないでいいんじゃないの。もうみなさん、それに慣れちゃったし」

と考える会社があっても不思議ではない。

このようなことはいくつもある。

高級ブランドショップに行くと、待っている間にミネラルウォーターを出してくれた。ペリエなど高級な水。しかしこのところ、

「コロナでお出しできなくなったんですよ。すいません」

と言われることが多い。

私はもうこのサービスは、コロナ後も復活しないとみている。

そして編集者の方たちと行く「山梨桃源郷ツアー」。毎年編集者の人たち五十人と、観光バスに乗って山梨の桃畑をまわる。

こちらもコロナ禍で三年中止となっている。私としては、このままなくなるのもアリかなとちらっと思ったこともある。

「この桃見ツアー、本当に楽しみなんです」

「これに参加出来て、やっと一人前の編集者になれた気分です」

とか皆は言うけど、本当かなー。本当は忙しい日に、一日つき合わなきゃならないから内心はどうかなと、サイギ心の強い私は考えた。が、

「今年はどうしてもいきたい」

と幹事がいろいろと計画してくれているようだ。

もちろん人数などは、コロナ前と同じようにはいかない。立ち寄るところもオープンエアにする等、制約も多い。しかしまたみんなと楽しいひとときがすごせるのだ。

ふと思い出した。テレビの識者はみんな言っている。

「戦争は瞬間で始まるが、終わるのは非常に困難だ」

しきたりは、やめる時は一瞬で終わる。しかしそれではもったいない、という人が現れ、つないでくれることになっている。

戦争という愚かなものとは正反対だ。

買物の掟

今日は日本ペンクラブ、日本文藝家協会、日本推理作家協会、三団体による「ロシアによるウクライナ侵攻に関する共同声明」の発表が行なわれた。

会場の日本プレスセンタービルには、案外たくさんの記者の方々が来てくださった。テレビカメラの姿も見える。

私も日本文藝家協会理事長として、日本ペンクラブ会長・桐野夏生さん、日本推理作家協会代表理事・京極夏彦さんと並んだ。

私たちのやっていることは小さなことであるが、決して無駄なことではないと信じて。

これほど深刻な話題の後に、日常の話をして恐縮であるが、いま日本で私たちは何不自由なくふつうに暮らしている。そのことの有難さ、贅沢さ。

しかし最近ふと考えることがある。

買物がしづらくなったと。

今はキャッシュレスの時代とかで、現金を使わなくなった。それはわかっている。私の財布は小銭で重い。たまにはそれで払いたい。

たとえば代金が四千百二十円、などという時、千円札がなければ、私は「百二十円と一万円札」を出したい方である。そしてお釣はお札だけをもらう。

しかしこのところ、世の中はこんな余裕を許してはくれない。レジでは無言で「早く早く」とせきたてられる。だからつい五千円札をすばやく出すことになるのだ。おかげで小銭はたまる一方である。

友だちの誕生日に小さなプレゼント、たとえばキイホルダーとかスカーフを買おうと、初めてとある高級ブランド店に入った。友人がそこのブランドが大好きなのだ。

昔、パリだのＮＹのショップに行くと、ドアのところに黒服のすごいイケメンが立っているのを見て驚いたことがある。ドアの開け閉めだけのためにいる人。

「彼らはどのくらい給料をもらっているの。かなり低いんじゃないの。開け閉めするだけなんだもの。他の仕事した方がいいのに」

現地の友人に言ったところ、

「何言ってんのよ。彼らはすごいチップもらっているのよ。高級店だと、店長より収入多いわよ」

しかしチップのしきたりがない日本でも、最近はカッコいい男性がこれらの店の前に立つのがふつうになった。まことに不思議である。

そのブランド店も、背の高ーい若い男性が立っていた。そして検温と手の消毒。それはいいとして彼は尋ねてきた。

「今日のお買物は何をお探しでしょうか。この者が担当いたします」

そしてさっと脇から黒服の女性が現れたのだ。

「いらっしゃいませ。本日は私がご案内させていただきます」

どうやら、もはや「何となくショーケースを眺める」という行為は許されないらしい。高級店は、はっきりした目的を持って行かなければいけないのだ。私は、スカーフなんて言えず、バカ高いハンドバッグを買ってしまった……。

そして帰りしなに彼女はスマホをさし出した。

「このＱＲコードを読み取り、〝お客さま登録〟をしてください」

はい、しました。そして二日後、彼女からＬＩＮＥがくる。

「お買上げいただいたお品は、ご満足いただいているでしょうか」

なんかネットでうまくがんじがらめにされているという感じ。化粧品もそう。コロナ禍になってからというもの、お客の管理が徹底している。

あるメーカーのファンデーションがすごくいいと聞いたので、さっそく買いに行った。する

と、

「〝お客さま登録〟していらっしゃいますか」

ということになる。してない、と答えるとその場でQRコードを読みとらされる。そしてLINEで新製品のお知らせとかがしょっちゅう来るようになった。

別のメーカーで、口紅を欲しい、と思うことがあっても、また例の、

「お客さま登録していらっしゃいますか」

が始まると思うと、つい同じところに行ってしまう。

今、化粧品業界は芸能界と同じ。浮気は許さないシステムになっているのだ。たいていの場合、私ところで、出先に早く着いたら、いったいどこで時間をつぶしますか。たいていの場合、私はコーヒーショップで本を読むけれど、ドン・キホーテに行くのも好きであった。安いタイツやストッキングや、韓国コスメを買う。そして時々は「高級品買取りコーナー」へ行き、私のアレはいったいいくらで売れるんだろうかとチェックするのも楽しかった。

ところがつい最近のこと、約束の時間まで三十分もあり、目についたドン・キホーテに入った。あのごちゃごちゃとした商品棚の迷宮に入り込んだ時、ふと気づいた。手に中ぐらいの紙袋を持っていることに。

こういう紙袋を持っていると、絶対に怪しまれるはずだ。そう思うと、

「防犯カメラ作動中」

というポスターにドキドキしてしまう。何も悪いことをしていないのに。

あの日私は買うべきものがあった。それはちょうど切らしていたクレンジングクリームである。

しかしいったい、どうやって買えばいいのだ。この膨大な化粧品の量。狭い通路に入る。サンプルを手にとる。えらく緊張する。急に増えた「防犯カメラ作動中」の表示。

やがて私は気づいた。ここに並んでいるものはたいていがサンプルで、本物を出してもらうには、店員さんに頼まなくてはならないということに。

私はさっきまでそこで立話をしていた、中年の女性の店員さんに声をかけた。彼女は鍵の束を手にしてやってきた。文字どおり束！　日記帳の鍵ぐらいの大きさのものが数十も。その中からひとつを見つけ出した。サンプルの後ろのケースを開ける。そして私が選んだ化粧品をとり出し細長いチューブに入れた。レジに行くまでの万引防止ということらしい。この宇宙的なチューブに私は新しい買物のやり方を見た。

こんな動画が……

〝コロナの精〟というものがもし存在するのならば、私は彼に言いたい。

あなたはたくさんの大切な命を奪った、ものすごい勢いで。

それならばどうして、ロシアのクレムリンにいるあの人に、しのび寄っていかないのか。

「暗殺してほしい」などと物騒なことは言わないけれど、重症化して高熱を出すとか、肺炎になるとか。とにかく政治の表舞台から消してほしい。コロナの精よ。

居ても立ってもいられない、というのはこういうことを言うのであろうか。テレビのニュースを見るたびに、地団駄を踏みたくなる。

本当にどうにか出来ないのか。

アメリカは最初から戦う意志はないことを告げてしまった。キューバ危機の時は、ギリギリまで「戦う」というカードを捨てなかったアメリカ。ケネディ大統領の苦悩はよく伝えられているが、とにかく綱渡りの交渉はなんとか結着をみたのだ。それなのにバイデンさんは、こんなに早く、手のうちをさらすとは……。

私の腹立ちは国連の方にもいく。こんなに国連が役立たないものだったとは驚きだ。確か第二次世界大戦の反省から生まれたはず。戦争を回避するための機関ですよね。それがこんなていたらくとは。日本はアメリカ、中国に次ぐ第三位の分担金を出している。その額は、なんと三百十三億円！　常任理事国で好き放題しているロシアは十番めで、日本の四分の一ぐらい。そう、私たち戦後生まれの子どもは、ずっと学校で教わってきた。

第二次世界大戦が終わった後、世界中の国々が、もう戦争はやめようと誓い合ったとか何とか……。

「平和はすべての人の願い」

なんてフレーズが、急に嘘っぽく感じる。私ら日本国憲法第九条の下で、育った者たちの倫理観、世界観をことごとく覆したプーチン政権。何とかしてほしい。

そう思っているのは私だけではないようだ。今日、タクシーでロシア大使館の前を通った。心の中で悪態でもつこうと思ったら、すごい警備である。ポリスボックスが三つに増え、機動隊車が数台、壁をつくっている。

それでも道の向こう側に、「戦争反対」のプラカードを持つ人たちが静かに立っている。年配の人が多い。私と同じように戦後平和教育を受けて育ってきた人たちであろう。

ところが同じような年代で、同じような教育を受けても、うちの夫は私とかなり考え方が違う。もちろんロシアのウクライナ侵攻には、ものすごく憤っているのだが、政治や軍事力以外は何をやってもムダ、精神的支援なんて役立たないという。

また芸術に理解がないことはなはだしい。

キエフの広場で小さな音楽会が開かれた、というニュースに、私など涙腺がゆるむのであるが、夫はまるでわからないと言う。友人を含めてのグループＬＩＮＥで、

「戦車が迫ってきているのに、音楽会はないだろう」

私はこう書いてやった。

「まるでわかっていない！　極限に追い込まれた時、ひとは日常を少しでも続けることで心の平安を保つんです。芸術はそのためにあるんです。キエフの広場での音楽会は感動的です」

すると夫は、

「平和ボケの意見だと思います」

こういう人に何を言ってもムダ、と本当に腹が立った。昨日新国立劇場にオペラ「椿姫」を観に行ったのであるが、指揮者のアンドリー・ユルケヴィチさんはウクライナの方である。オペラ自体も素晴らしかったが、カーテンコールでは指揮者に、ものすごい拍手がわき上がった。祖国を案じながら、こうして音楽をつくり出してくれた人への、感謝と応援の拍手である。

夫みたいな人間に、こうしたシーンは、まるで理解出来ないだろう。

ところでコロナから始まり、ロシアのウクライナ侵攻の今、私のスマホ使用時間ははんぱない。友人から、日々いろいろな情報や動画が入ってくる。それを仕分けし、面白そうなものは拡散し、いくつものグループＬＩＮＥでは、さまざまな議論をする。コロナ禍でなかなか会えない人とも、こうやってコミュニケーションをとっていく。

つい先日、

「こんな面白いものがあるよ」

と友人が動画を送ってくれた。コメディアン時代のゼレンスキー大統領が、大きな舞台で皆を笑わせている。それは局部でピアノを弾くという、かなりお下劣な芸。

「ちょっとこれは……」

と、私は拡散しなかった。そうしたら三日後、とても素敵な動画が。世界情勢に詳しい友人からだ。それは奥さんと一緒に、ギターで「エンドレス・ラブ」を歌う大統領の姿。今より何年か前のものか。若々しくてカッコいい。なによりも歌がうまくてびっくりだ。英語の発音も完璧。

「ウクライナの国民を励まそうと、この動画を流してるのね。ステキ」

と私が夫入りグループＬＩＮＥに送ったら、また夫からの皮肉な文章が。

「ウクライナ国民は、ゼレンスキーの勇姿に励まされるのであって、アメリカのポップスを歌っている姿ではないはずです」

なんてイヤなジイさんだろう。私は無視していろんな人に転送した。そうすると湯川れい子さんからすぐに指摘が。

「この『エンドレス・ラブ』を歌っているのはアメリカでもＹｏｕＴｕｂｅで人気のあるＢｏｙｃｅ Ａｖｅｎｕｅというプロジェクトの人で、男の人はアレハンドロだと思います。ウクライナの大統領では絶対にありません」

さすが湯川さんはすぐにわかったらしい。が、この動画は、いろいろなところから未だに私に送られてくる。そのたびに私は間違いを指摘する。が、まだ夫にはこのことを話していない。何を言われるかわからないからだ。

ミステリー

年に一度の、人間ドックの日が近づいてきた。

といっても、コロナの影響もあり、例年よりちょっと日が空いてしまった。正確に言うと、一ヶ月半というところだ。

この何年かは内視鏡で診てもらっている。

内視鏡検査が好きな人はまずいないと思うが、私も本当に苦手。特に胃カメラを飲む時などは、何日も前から憂鬱なことこのうえない。

以前人間ドックを受けていた某大学附属病院は、軽い麻酔をかけてくれた。ぼうっとなるぐらいのレベルの。

ドキドキしながら順番を待っていたら、お年寄りが看護師さんに文句を言っている。

「まだ胃カメラ、飲んでないんだけど」

「いいえ、もうお済みですよ」

「そんなことはないよ。さっき診察台に行った時に何もしなかったけどどうしてしないんだ」

「本当にもう写真撮ったんですよ。本当です」

「そんなはずはない。絶対にない」

このやりとりを聞いていた私は、すっかり安心した。つまり全く感覚がないまま、胃カメラが終わるのだ。しかしそんなことはなく、私の番になったらいつも通りゲーゲーとても苦しかったのを憶えている。

胃カメラもつらいけれど、もっとイヤなのは大腸検査。あれを考えると夜も眠れなくなるほどであった。

が、この十年人間ドックも格段の進歩をしている。精神的にもラクな、快適なところが増えた。数年前から友人の紹介で、あるクリニックに行くのだが、そこは寝ている間にたいていの検査が終わる。そして麻酔から醒めると、先生が画像を見ながら説明してくれるのだ。

自分の内部をカメラが進んでいくさまをじっくりと見るのは、楽しいか、と言われれば別に楽しくはない。人間の体も、ミノとかハチノスとかあるんだなあと思うぐらい。

突然話が変わるようであるが、七年ほど前、世界的ミスコンテストを舞台に、小説を書いたことがある。そのため日本での優勝者やファイナリストに何人も会い取材をした。皆さん、その美しいことといったらない。

が、最近のミスコンの大きな流れとして、単なる美貌やプロポーションで選んではいない、というのがある。いや、それを世間にアピールしなくてはならない、と言った方が正しいか。そのためか東大生とか、医大生の方とかがとても増えている。取材をしたファイナリストの中に、当時は医大生、今は内科医をしている方がいた。この方は内視鏡を専門にしていて、

「ハヤシさん、私は粘膜フェチなんです」

毎日毎日、いろんな人の粘膜を見るのが、楽しくてたまらないという。お医者さんというのは、そういうものなんだろうかとちょっと驚いたし、この女優さん顔負けの美女に、お尻を向ける男性はかなり恥ずかしいのではないかと心配したものだ……。

話がそれてしまった。とにかく今年も内視鏡検査が近づいてきた。一ヶ月前にどーんとダンボールが届く。これを見るとかなり緊張してしまう。

中には瓶詰めのミネラルウォーター三本、そして一週間前から飲む便秘薬や漢方、そして前日飲む強い下剤のキットが入っているのである。

注意事項の紙も。

「三日前から、玄米、コンニャク、海草類、ソバ、野菜、果物など、消化に悪いものを避けてください。守らないときちんと検査が出来ません」

例として、昼ごはんはうどんに、ネギや七味なしとあった。夕飯はご飯にお肉と玉子とある。

こういう時、

「お鮨を食べればいいじゃん」
と自分に都合のいいように考える私。いつもなら、出来るだけ炭水化物を減らし、野菜をたくさん摂《と》るようにしているのだが、お医者さんがダメというなら仕方ないだろう。お野菜抜きなら、焼肉かお鮨になるが、前者はキムチやワカメサラダなどタブーなメニューがある。そこへいくとお鮨は、魚とご飯だけ。海苔巻きさえやめればどうということもないはずだ。

さっそく休日のお昼は、スーパーで焼きサバ寿司を買ってきた。それを食べていたら、シソの葉と昆布を夫が発見。中にはさまっていたらしい。

野菜と海草だ。まずい。私は自分の大腸にそれらが貼りついている光景を想像してぞっとした。

そしていよいよ検査の日。昨日の昼から何も食べていない。ダンボールの中に入っていた飴をなめながら我慢する。

ところで私は今回楽しみにしていることがあった。それは同じクリニックで、人間ドックを受ける友人たちとよく話すあれだ。

「麻酔で意識が遠ざかる瞬間って、気持ちいいんだよね」

「そおなの、先生が話しかけてくれて次の瞬間、自分が落ちていくのがわかるよね」

私もベッドに横たわり、その時を待っていた。

しかし今回に限って、意識がはっきりしている。全く落ちていく感じはない。機械の音もちゃんと聞こえている。

「これはマズい……」

私は焦ってきた。今回に限って麻酔がまるで効いていないのだ。このまま、胃カメラと大腸検査やるのはイヤ。何とかしてほしい。そのうちトイレにとても行きたくなってきた。検査室に行く前に、ちゃんと済ませてきたのにどうしたことだろう。

人の気配がしたので、私は必死で頼んだ。

「麻酔効かないんですが、とにかくお手洗い行きたくて……」

「とっくに検査終わってますよ」

気づくと私は個室に寝かされていた。しかし私はずっと覚醒していたはずだ。本当だ。自信をもって言える。こんな不思議なことがあろうか。私の中で時間がワープしている。この春最大のミステリーであった。

もうあの胃カメラの老人を嗤《わら》うことは出来ない。

春のごはん

桜が満開となった。

私の住む町でも、ところどころ美しい桜が見られる。私たちは気楽に立ち止まり、キレイねーとか言って、スマホで写真を撮ればいいのであるが、〝桜守〟というのは大変なことらしい。まず桜は毛虫が発生する。これを取り除くのはかなりの労力なのだ。この家に引っ越してくる時、狭ーい中庭に木を一本だけ植えようということになった。

私は桜を主張したのであるが、設計してくださった方から、桜の木がいかに大変かということをこんこんと聞かされた。

「なるべく手間のかからないものを」

ということで、ヤマモモにしたのであるが、なかなか花が咲かない無愛想な木である。

毛虫もやっかいだが、桜は花びらが落ちてくるのが問題となる。うちの近くに桜の大木があるが、風が吹くと四方に散っていく。そこのおうちでは、毎年花びらを掃くために何人も雇い、そのパート代がバカにならないと聞いた。近所の者たちは大木満開を楽しみにしているが、それはおうちの方の深いボランティア精神によるものなのである。

ここでお礼を申し上げます。

〝桜守〟がずーっとお金持でいてくださいますように。

先日は知り合いから長命寺の桜餅をいただいた。桜餅もそうであるが、草餅や苺のタルト、苺大福、ひなあられとか、春のおかしはなんと可愛いのであろうか。

食べるのもお楽しみがいっぱい。私は毎年、花山椒のしゃぶしゃぶが食べられるのを待ち構えていた。が、花山椒は毎年高くなるばかり。そのシーズンだけの鍋はかなりのお値段になる。しかも名店といわれるところは、三月から四月にかけて全く予約がとれない。

しかし私にはある幸運が舞い込んできた。うちから歩いて五分もいかないところに、小さなお店が昨年オープンしたのである。なんと件の名店から若い人が独立したのだ。生まれた時からずっと住んでいるという、実家の一階を改装しているから、値段もリーズナブル。師匠の店の半分ぐらい。そのご主人から、

「もうじき花山椒鍋が始まりますから、きっと来てくださいね」

と言われていた。

そろそろと思い週末の土曜に予約したところ、

「わかりました……。なんとかします……」

とやや奥歯にもののはさまった言い方。

全くの住宅地にあるこの店は、最近隠れ家的店ということで人気が高まるばかり。きっとカウンターに、無理して席つくってくれるのかなーと思っていたら、行って驚いた。私たちの席しか用意されていない。

「休むつもりで店の者も来ていませんが、どうせ僕はうちにいるんだし、ハヤシさんに花山椒鍋を食べてもらいたい。この後、花山椒鍋めあての客でずっと満席なんです……」

それほどの常連でもないし、強みは近所ということだけ。私はすっかり恐縮してしまった。

「二人だけなんて申しわけない」

ということで、急いで連絡し、隣りのマンションのママ友に来てもらった。彼女はちょうど夕食の用意をしていたらしいのだが、料理を並べてすっとんできてくれた。

まあ、その夜の花山椒と牛肉の鍋のおいしかったこと。

が、後に夫は私に嫌味を言う。

「君みたいなのはパワハラなんだ」

彼女は私の妹分のような存在。映画やお芝居にもしょっちゅうつき合ってくれる。

「イヤって言えない人に何かを頼むのはパワハラだ」

そうだろうか、牛肉の薄切りをさっとくぐらせる花山椒鍋は、本当に今しか食べられないもの。ご馳走したかっただけなのに……。

ところで昨日、私はロシア料理を食べに行った。どうしてそういうことになったかというと、このママ友、友達にロシア料理店をやっている人がいるという。

「日本人夫婦でやっているんですけど、ロシアのウクライナ侵攻以降、お客さんはパッタリ。しかも嫌がらせの電話が毎日かかってくるっていうんですよ。一度行ってくれませんかね」

しかし、やはりロシアと名がつくところに行きたくはないと思っていたのであるが、いま大ベストセラーの新書『物語 ウクライナの歴史』を読んだら驚くことばかり。二十年も前の本であるが、ロシアとの関係が、これほど複雑でひと筋縄ではいかないものだとは知らなかった。

だからといってプーチン大統領の大罪を許すわけにはいかないが、食べるものに罪はない。今、ロシアレストランが苦境に立っているというのならば、そのありさまを見てみたいものだ。

実はロシアのウクライナ侵攻は出版界にも影を落として、

「ロシア文学者の方の本が、ちょっと刊行延期になったんですよ」

と編集者から聞いたばかり。いま〝ロシア〟と名がつくものは、人々にものすごいアレルギーをもたらすようである。

「だけどロシア料理店の看板を壊す、っていうのも私は違うと思うんだよね。こういう風潮も私は怖いなぁー」

と物書きの友人と話すうち、ランチでロシア料理を食べようということになった。

友人の知っている店ではなく、老舗の有名店に行った。心配していたのであるが、お昼どきとあってお店は八割ぐらい埋まっていた。若い女性二人が写真を撮りながら楽しそうに食事している。

一杯だけスパークリングワインを頼んだら、

「これはウクライナのもので……」

と注釈がつく。おそらくそうするようにマニュアルが出来たんだろう。

たぶんロシアもウクライナも、食べるものはほとんど同じなのではないか。同じものを食べる人をどうして侵略出来るのかと、いきつくところはそこになる。次第に味が苦くなっていく。好物のボルシチが……。

カムカム　エヴリモーニング！

先週の週刊文春でも大特集を組んでいたが、ついに「カムカムエヴリバディ」が終ってしまった。

最近これほどはまった朝ドラはない。どのくらい好きだったかというと、一日も欠かさず見た。本当に一日もだ。朝早く家を出る用事がある時はちゃんと録画した。

このところロシアのウクライナ侵攻のニュースが日を追うごとに悲惨になり、眠れない夜が続いた。うなされたこともある。

しかし朝目覚め、今日も「カムカムエヴリバディ」が見られると思うと、元気が出た。

何回かネタにさせていただき、その好き度が伝わったのか、このページをまとめたエッセイの新刊は『カムカムマリコ』という。編集者がつけてくれたのだ。

なぜこれほど好きになったかというと、私の大好きな上白石萌音ちゃんが、まず最初のヒロイン（安子）になったからだ。

私は今から八年前、彼女の映画初主演作『舞妓はレディ』を見て、その自然な愛らしさに心をうたれた。ふつうのカワイコちゃんとまるで違うのだ。

「近いうちに朝ドラのヒロインになる」

とこの連載で宣言したがそのとおりになったのだ。しかもお菓子屋の娘というではないか。

ちなみに私は本屋の娘であるが、菓子屋の孫でもある。隣家の祖母の家が、昔からの菓子屋だったのだ。自慢になるが、ここの草餅は本当においしかった。ヨモギを自分で摘むことからやっていたのだ。

ところでアメリカに渡った安子ちゃんは、どうしてハリウッドのキャスティングディレクターという、すごい地位を得たのであろうか。時代が違うが、まるで奈良橋陽子さんみたいだ。しかし奈良橋さんは、外交官の令嬢で高学歴。高等小学校しか出ていない安子ちゃんとは違う。

私はかねがね不思議で、NHKの知り合いにも言ったのであるが、安子ちゃんはどうして女学校に行かなかったのであろうか。

昭和のあの時代、女性の中等教育はかなり進んでいたはずだ。「たちばな」のように、奉公人が何人かいるうちだったら、ふつう娘を女学校に行かせるはず。祖母のうちは、田舎のしがない菓子屋であったが、大正ヒトケタ生まれの母も、明治生まれの伯母たちも、みんな近くの県立女学校を卒業している。

安子ちゃんはアメリカで、大学へ行ったという設定だ。ラジオでそう語っていた。だったら高等小学校だけという学歴ではむずかしいかも。

そこで思い出すのは、サッチーこと野村沙知代さんだ。沙知代さんは、ご自分の経歴を平気で「コロンビア大学卒」と言い張り、大騒動に発展したのである。あの時はワイドショーが現地に行って調査して、全くそんな事実がないことがわかった。しかし彼女は、

「受講証は金庫に入れていたが盗まれた」

とか平気でうそぶいていたっけ。

本当は国民学校卒業という経歴で、夫の野村克也さんは、沙知代さんの死後、

「言っていたことは全てウソ」

と何かのインタビューでおっしゃっていた。

そして「そんなウソをついてでも、オレと一緒になりたかったのかと思ったら心をうたれた。世間の人はどう思うか知らないが、オレにとって世界一可愛い女だった」とも。

なんと器の大きい男の人がいるものだろうかと私は感動したものだ。奥さんを侮辱《ぶじょく》したとかでコメディアンを殴ったウィル・スミスよりずっと懐が深いぞ。一生この嘘につき合い、騒動から妻を守ったのだ。

そういえば同じようなことを、亡き渡辺淳一先生で体験したことがある。

ある時何かの折に、先生がある女性を誉めた。よせばいいのについチクッた私。

「でもあの人、世間の評判すっごく悪いですよ。傲慢で意地が悪いって」

「だからいいんじゃないか」

とのこと。

「他の人間にはすごーく嫌な女が、僕だけには優しくて可愛らしい。だからいいんだよ」

モテる人は違うなぁ、男として人間の大きさがすごいなぁ、と私はこの時も感嘆したものである。

いけない、話がどんどんそれてしまった。

安子ちゃんはアメリカに渡り、ものすごく努力したに違いない。あの頃、海を渡ってアメリカへ行った花嫁は、四万人とか言われている。

そして思い出すのは、アンカレッジの免税品売場だ。

ある程度以上の年齢の人なら、きっと何かを買ったはずだ。昔はヨーロッパに行く時、給油のためにアンカレッジ空港に寄った。そこには、まずいうどんショップと、かなり広い免税品店があったのだ。

これからパリやロンドンに向かう日本人は、もううきうきしていてお財布のひももゆるみがち。早くも免税品の香水やバッグに手を伸ばす。

すると店員さんがすかさず声をかける。

「あのねー、日本だとこれいくらすると思う？　ものすごく安いのよ。買って行きなさい」

「このバッグ、日本で売ってないわよ。ここで買っておけば、まず間違いない」

ものすごくぞんざいな日本語。全員中年の日本女性だった。白く染めていない髪、真赤な口紅、派手めの眼鏡。そう、あの森山良子さん扮するアニー・ヒラカワさんが十数人そこに立っていたのである。

パートで働いていた、元戦争花嫁たちだ。しかし直行便の普及と共に、アンカレッジ寄港はなくなってしまった。

今から何年か前に、

「あのオバちゃんたちはどうなった」

という話題になった。

「子どもたちも無事大学を卒業しただろう。だからもうあそこで働かなくても大丈夫だよ」

女性の百年を描いた「カムカムエヴリバディ」。私もその半分ぐらいは証言出来るかも。だからこんなに夢中になったんだ。

桃と断捨離

先日、三年ぶりに「桃見の会」が開かれた。私の担当編集者たちと山梨の桃源郷に行き、半日を楽しむという会だ。

まだ感染者数が高止まりしているので、どうしようかと迷っていたのであるが、

「まん防も解除されたし、久しぶりにやりましょうよ」

という声が多く、決行ということになった。

といっても、宴会禁止の出版社もあり、人数はいつもの三分の二ぐらいか。制約も多い。

バスの中ではマスク着用、飲食禁止。喉をうるおす水ぐらいはOK。以前なら知り合いの農家の桃の木の下、バーベキューとモツ煮、ほうとう、というメニューだったのであるが、食事をつくってくれた山梨の親戚も亡くなり、あとは年をとってしまった。

よって観光農園を頼んだところ、コロナのために食事は提供していない、ということ。急き

ょ石和の旅館からお弁当を頼んだ。

とはいうものの、急いでほうとうの鍋ごとテイクアウトを頼んだり、山菜の天ぷらの差し入れもあり、豪華なお昼に。

肝心の桃の花は、この二、三日の異様な暑さであっという間に散って、若葉に変わりかけていた。よってピンクが薄く、私はがっかりしてしまったのだが、編集者たちは楽しんだようだ。

帰ってから、

「大勢でお酒飲むの、何ヶ月かぶりでした」

「他社さんと会えて、ものすごく嬉しかった」

というメールがいっぱい来た。

三年の間には、出産したり、お父さんになった編集者もいて、新米ママたちが育児のことをあれこれ話すのもいい光景である。

みんなの話を聞いていて驚いたことがある。果物アレルギーの人が、かなりの確率でいるということ。この会で二人いた。

その一人が、このページの担当編集者S氏だったのである。彼は東大大学院で中世史を学んでいた。だからチェックがものすごくネチっこいとこの連載で書いた。

ある時、

「私はお中元替わりに桃を送るが、とても喜ばれる。桃が嫌いな人はまずいない」

と書いたところ、直しが入った。

「桃アレルギーの人もいますし、桃嫌いの人もかなりいて、この文章に傷つきます」

なんじゃこれ。難クセつけたがるネット住民みたいと、山梨県人の私はいささかむっとした。が、今回、桃の木の下でわかった。S氏こそ桃アレルギーだったのだ。生の桃を食べるとジンマシンが出るというのである。

「ですから夏の桃食べの会なら、参加出来ませんでした」

そして帰路につき、私がつくづく感じたのは、三年の間に自分がすっかり年をとったということ。当日の甲府盆地は三十度近くあった。日陰のないテーブルで、食べたり飲んだりしたら疲れ方がハンパない。

帰りのバスの中では、ヨダレを垂らして眠り込んでしまった。うちに帰って夕食をとっていても体がだるい。それほどお酒を飲んでいないのにぐったり。

「陽なたにいるというのは、それだけで体力を消耗させるんだ」

と夫は言う。

しばらくソファに横になっていたら、九時過ぎまで寝入ってしまった。仕事がいっぱいあったので、水を飲んだりしてなんとか机に向かった。

体力だけは自信があったのに、この衰えはどうしたことであろうか。

私の机の上は本が積み重なり、「断捨離」という言葉が深くつき刺さる。そろそろやる時だ。

この本、いったいどうしたらいいんだろうか。先日、立花隆さんの蔵書五万冊が、古書店に引き取られたと新聞に書いてあった。立花さんがお持ちだった本なら、学術的に貴重なものばかりだろうが、私はふつうの書店にあるものばかり。歴史小説を書いた時の資料といっても、今でも手に入るものがほとんどだ。

まとめてゴミの日に出すか……。いやいや、それはしのびない。

と考えるうち、私は自分に収集癖がなくて本当によかった、と胸をなでおろす。昔からキーホルダーや消しゴムなど、何か可愛いものを集め出そうとすると、「まずい」と止める心が芽生える。きちんと保管出来ない自分のだらしなさを知っているからに違いない。

が、世の中には、ものすごい情熱を持って収集をする、コレクターという人たちが何人も存在する。その確率は果物アレルギーの人よりずっと高いかもしれない。

タレントの山田邦子さんは、リカちゃん人形をなんと一千体持っていらっしゃるという。つい最近のことであるが、経済評論家の森永卓郎さんと対談した。そこでご自分のB宝館について熱く語られたので、

「今度見に行きます」

と軽く言ったところ、

「そう言って来た人は誰もいませんね。中川翔子さんがテレビの取材で来ただけ」

ときっぱり。そうなると、絶対に行かなくてはと決意するのが私の性分。しかしこのB宝館

は所沢にある。かなり遠い。

出かけたのは先週のこと。中のパネルに、

「モリタクコレクション　B級でビンボーでおバカだけどビューティフルな博物館」

とある。とはいうものの、ミニカーのコレクションなら世界一だという。中を歩くとあるわ、あるわ、グリコのおまけに、崎陽軒の醬油さし、ペコちゃんグッズ、有名人のサイン入りこじつけグッズもある。たとえば、アーモンドチョコの箱に宮本亞門さんのサインが。バカバカしくて面白い。

森永さんは大金をかけ、自分のコレクションを見せるためだけの施設をつくったのだ。「断捨離」とは真逆の姿勢。強いエネルギーを感じる。陽なたでダウンしてはいられないぞと、崩れ落ちる本をどかしながら、原稿を書く私である。

ネットジェンダー

中条きよしさんが、日本維新の会から今度の参院選に立候補するらしい。

中条きよしさんか、懐かしいなあ。最近は俳優のイメージが強いかもしれないが、私にとっては大ヒットをとばした二枚目歌手。

ホストっぽい、というとこれから政治家を志す方には失礼かもしれないが、おミズっぽいにおいは確かにある。ドキドキするほど色気をたたえた昭和の色男。

この方の大ヒット曲「うそ」なんか好きだったなあ。

ある人のエッセイを読んでいたら、

「日本の歌謡曲は、昔からジェンダーフリーである」

という面白い指摘があった。

男性が女心を歌い上げることがある、というのだ。女性の方も、男の意地や俠気を歌う伝統があった。美空ひばりさんの「柔」とか、着流しで歌う水前寺清子さんの一連の歌。ズバリ「ああ男なら男なら」なんていうのもある。

そう、昭和のあの頃、一連の「おミズシリーズ」もあったっけ。これは男性歌手が、水商売の女性の心を表現する。おミズといっても、そこいらのスナックやバーではない、銀座の女性と私は推測する。中条きよしさんの「うそ」は、その代表作。

「折れた煙草の吸いがらで　あなたの嘘がわかるのよ」

というあの歌い出し。

そう、美しさも賢さも、とびきりの銀座の女性。酸いも甘いも噛み分けて、男性との駆けひきや苦労もさんざんしてきた。そんな女性が本当に愛して、信じ抜いてきた男性に裏切られる。しかしプライドというものがあるから、泣いたり怒り狂ったりは出来ない。それゆえにせつない苦しさがにじみ出るのだ。

作詞は山口洋子さん。後に直木賞作家となるが、最初は銀座のクラブママであった。そして次に売れっ子の作詞家となられる。「おミズ歌」の興隆は、この天才の存在なくしては語れなかったことであろう。五木ひろしさんを見出したことでも知られる。

亡くなったなかにし礼さんも、この「おミズ歌」のヒット曲をお書きになっているはず。「今日でお別れ」だ。当時この歌で銀座の多くの女性が泣いたと週刊誌で読んだ記憶がある。

「あなたの背広や身のまわりに　やさしく気を配る胸はずむ仕事は　これからどなたがするの

かしら」

　という箇所にぐっときたらしい。

　今はこの歌詞、ジェンダー的にかなり問題がある、という人がいるかもしれないが、甘くエレガントな世界だ。女性が、

「好きな人に献身的に尽くしたい」

　と思い、それが美徳だった時代が確かにあったのだ。男性は「男らしく」、女性は「女らしく」ありたいと願った。「女らしい」というのは、かなりの褒め言葉であったが、今、それを職場で口にすることは出来ない。「セクハラ」とみなされる。

　思いきり、男がどうした、女があだった、と口に出来るのは、カラオケの空間の中だけかもしれない。

　ところで最近、

「男性だろうか」「女性だろうか」

とまわりの人たちと考えることがある。ネットの書き込みに関してだ。

　日頃私はそういうものは見ないようにしているのだが、本を買ってくれた方たちの感想、ブックレビューはきちんと読むようにしている。

　が、このところ気が滅入ることが続いた。最近出したばかりの私の新刊に、悪意ある文章が溢れるようになったのだ。何人かが、星一つをすごい勢いでつけていく。本の評価が一気に下

がるようにしているのだ。

「こんな本、ドブに捨ててしまいたい」

というような過激な表現も多数。

今まで私の本など、たいした評判にもならない代わりに、レビューも数少なく穏当なものばかりであった。それなのにこの多くの嫌悪はどうしたことであろうか。いや、ある程度予想はしていたことだ。

今の世の中、不倫に関して人々はものすごく反発する。とにかく許せないことなのだ。二十数年前、『失楽園』が大ベストセラーになり、私の『不機嫌な果実』もそこそこ売れた。不道徳だという人もいたが、

「まあ、いろんな人生がある」

とそれを容認してくれるゆとりが社会にあった。この不寛容さはいったいどうしたことであろう。

「寂聴先生も、お亡くなりになった時、七十年以上前のことで叩かれましたからね」

と編集者。

「そうだよね。あれにはびっくりだよね。ネットに夫と娘を捨てた女だ、と書かれていて」

テレビのインタビューでも同じことを聞かれ、私は憤然として答えた。

「大昔の戦後すぐの話ですよ。そうでもしなければ新しい人生をつかめなかったんです。瀬戸

内先生はそれを文学に昇華させたんです」

　何か文句あっか。

「ああいうネットの書き込みは、お爺さんが多かったそうですよ。たぶん今、ハヤシさんの新刊への書き込みは、年配の女性が多いかと」

　今はそういうこともわかるらしい。

　木村花さんがネットの書き込みによって心が折れ、自ら命を断たれた。いたましいことこのうえない。その非を訴えたお母さんをネット上で中傷した男が名誉毀損容疑で書類送検された。匿名でやりたい放題やっていた人たちにも、自分の書いたことの責任をとらせればいい。

　私がかねがね不思議なのは、木村花さんの死を悼み、ネット上での暴力を許せないこととする一方で、２ちゃんねるの創設者をヒーロー視していること。テレビにしょっちゅう出て、まあ弁の立つこと。彼の画像からは妖気さえ漂っている。彼がつくり上げたネットの書き込み野郎は、男でも女でもない、顔を持たない不気味な存在に私には見えるのだが。

みなで歌おう

先週、中条きよしさんの名曲「うそ」について書いた。

そのためYouTubeで、ずーっとこの曲を流し、すっかりハマってしまった。心にしみいる、甘く官能的な歌声。なんて素敵な歌詞なんだろう。

このページの担当編集者も、

「昭和の黄金期の、歌謡曲ってたまりませんねー」

とLINEでおくってきた。

これほど情景が浮かぶ歌が、最近あるだろうか、みんなは希望がどうしただの、僕は悲しいんだとかなんちゃら……。

ある人が書いている。昔はプロの作詞家にプロの作曲家がつき、歌手の歌唱力とが合わさって、三倍にも五倍にも世界が拡がった。しかし今のアーティストは、全て自分でやろうとする。

うまくいく時はいいのだが、たいていはスモールワールドになってしまう。

私たちの時代は、ユーミンとか井上陽水さん、中島みゆきさんといった、とてつもない天才が出現し、すごい歌を聞かせてくれた。歌詞と曲が完璧にからみ合うのは、自分でつくっているから。

現代のアーティストも、同じ条件だが、曲のパワーが年々下がっていると感じるのは私だけだろうか。「若者たちのカリスマ」と紹介されるが、ふうーんという感じ。ちょっと流行ってすぐに消えてしまう。

こういうことを書くと、年寄りはだからダメなんだと言われそう。黙って「うそ」を聞きましょう。

何度聞いても本当にいい歌。ネットの知恵袋を見ていたら、こんな質問があった。

「折れた煙草の吸いがらで、どうして嘘がわかるんですか」

そうか、お子ちゃまにはわからないでしょうね。

すると「ベストアンサー」に選ばれたのは、

「他の女性の吸いがらが置いてあったからです」

ちょっと違うよー、と私は叫んだ。全く男と女のことを少しもわかっていないんだから。昔の男性はよく煙草を吸った。その女性と寛いだ楽しいひとときを過ごしている時は、ゆっくりと吸う。

しかし早く別れ話を切り上げたい、とにかくこの場を終わらせたい、という時はせかせかと吸う。よって灰皿には、長い吸いがらがいくつもたまるわけ。

こういうニュアンスは、今の若い人にはわからないでしょうね。どこがベストアンサーなんだと、優越感にひたる私。

ところがウィキペディアを見たら、

「詞の一部は、作詞者・山口洋子自身が経営していた店の」

ホステスさんの実話だと書いてある。

「自分の彼氏の家に行ったら、口紅がついたたばこの吸い殻があった」

という実話が基になっているとか。

ああ、そうだったのか。かなり即物的な話だとちょっとがっかりしてしまった。

さて連休の最後の日は、女友だち四人で横浜へ。久しぶりに中華街でご飯を食べよう、ということになったのだ。

友人が車を出してくれて、あちこちドライブ。みなとみらいのビルの立派さにびっくりし、歴史的建築に感嘆。

「横浜の人って、東京の人を見下すようなところがあるけど、こういうことだったのか」

と友人がつぶやく。

「自分たちは東京なんかに行かなくても、全部ここで素敵に完結する。ここにはすごい文化と歴史があるって思ってるから、横浜の人ってプライドが高いんだねー」

なるほどそうかもしれない。

元町に行ってさらにそれを感じた。道幅は狭いけれど、とてもセンスのいい店が揃っている。私も知っている老舗が何軒もあって、そのうちのひとつでお買物。子ども服を買った。知り合いの赤ちゃんへのプレゼントだ。

なんか自分が、とても品のいいマダムになったような気がする。毎日ここでお買物をする人生、憧れるなあ……。

「それで娘をフェリス女学院に通わせるのよ。男の子だったらどこかしら」

「聖光学院」

初めて聞いたが、カトリックの中高一貫校。すごい名門校だそうだ。

「ワンコは絶対に必要だよね、それも中型犬」

みんな勝手なことを口にしながら、再び車に乗る。なんかうきうきしてきた。

「伊勢佐木町」という文字が見えると、こんな歌が口をついて出る。

「あたし、はじめて～、港ヨコハマ～」

さらに走ると「本牧」という文字が。これも歌心をそそる。

「本牧で死んだ娘は鷗になーったよー」

「それって山崎ハコの歌だよね」

「違うよ、カバーはしてるけど。確か男の人の歌」

調べたら鹿内孝さんであった。作詞は巨匠阿久悠さんで、曲名は「本牧メルヘン」。時代を感じさせるが、歌詞はかなりぶっとんでいる。

「あの娘がさびしさに耐えかねて死んだのさ／ジョニーもスミスも泣くのを忘れて／海鳴りに向かって歌っていたよ」

ジョニーやスミスが出てくる無国籍ソングだ。無国籍といえば、やはりこの歌もそうだろう。

「港のヨーコ・ヨコハマ・ヨコスカ」

この歌を聞いた時は衝撃だった。歌というよりも、短篇小説を聞いているようであった。

そうそう、いしだあゆみさんの「ブルー・ライト・ヨコハマ」、木之内みどりさんの「横浜いれぶん」というのもあった。

横浜は歌の宝庫だったのである。

そしてやはり締めくくりは、ユーミンの「海を見ていた午後」。山手の「ドルフィン」を見ようと、車はさらに走る。

「ソーダ水の中を貨物船がとおる〜」

歌って何ていいんだ。

同世代の女友だちって何ていいんだ。車の中で合唱が始まる。

相談好き

山口県の小さな町での出来ごと。

二十四歳の青年の口座に、間違えて四千六百三十万円が振り込まれた。青年はすべてネットカジノに使い込み、結局は逮捕されることに。

もちろん悪いことには違いないが、この事件は激しく人の心をかきみだした。テレビのワイドショーでもトップニュースになり、逮捕された時にはニュース速報が流れた。

私のまわりでも、この話題で持ちきりだが、

「けしからん」

と怒っている人はいない。

突然自分の口座に、そんな大金が振り込まれたらどんな気分だろうと、そんなことばかり。

田舎の古い家に、ひとり暮らしする青年。週刊誌によると学歴も資産もない。収入は月二十

五万くらい、その時、口座には六百六十五円しか残金がなかった。そこにいきなりすごい数字が並んだのだ。彼はびっくりし、恐れおののいたことであろう。そしてやがて興奮した。

いったいこの金を何に遣おうか。

田舎だったら充分に家が買えるだろう。残ったお金で新車も買える。幸福なひととき。そこに町役場の人がやってきて返してくれという。

いったんは素直に従い、銀行に行くため車に乗ったが、次第に腹が立ってきた。どう考えても相手がいけないのではないか。誤送金という初歩的なミスを犯したのだから。

何よりもいちばんの罪は、人を歓喜の頂点から奈落へと叩き落としたことだ。信じられない強さで、心を揺さぶったことだ。ひとりの人間に他人がこんなことをする権利はない……。

とまあ、小説家の私は彼の心をこのように推察するのである。

「だけどさ、あの青年、実名出てこれからどんな風に生きていくんだろう。もうまるで犯罪者だよ」

友人が言うので、大丈夫と私は答えた。

「もう居直ってテレビに出るのもテかも。大金入ったからパーッと遣って何が悪いんだ。みんなオレと同じようなことをするはずだ。貧乏人にそういう金を与えた奴らが悪い。サンデージャポンとかでそういうこと言えば、きっと人気が出ると思うよ。素顔はなかなかのイケメンだって言うし」

今の世の中はまさに、

「悪名は無名に勝る」

罪を犯しても、それが盗みや殺人といったものでない限り、エラそうにメディアに出る。

ＹｏｕＴｕｂｅでガーシーchを見てびっくりした。彼が自分の知っている芸能人のあることないことを喋りまくっているのだ。ガーシーchというのは、直近でも約百二十万人のチャンネル登録があり、彼のところにも大金が入ってきたらしい。

が、彼の話にどこまで信憑性があるかという声もあがっている。

私は彼のまわりにいる芸能人につくづく同情した。芸能界という競争の激しい世界で生きていくのは、さぞかしストレスが多いだろう。飲みに行ったところでウサを晴らしたり、いろいろ打ち明けるのは当然のこと。

それを全部バラされるなんて。

かねがね感じていたのであるが、女優さんで新宿二丁目に通う人は多い。あそこまで行かなくても、ゲイバーの常連という人を何人か知っている。

「女優さんはたいていゲイの人が大好き」

関係者が言った。

「ゲイの人は、本当に女のようなこまやかな気の遣い方をしてくれる。そして男らしい決断もして、女優さんたちには癒《いや》しになる。ゲイのヘアメイクやスタイリストさんが親友っていう人、いっぱいいるよ」

相談ごとにものってくれて、たいていの人は、ガーシーのようにぶちまけたりしない。

「ひと昔前はゲイってことで、子どもの頃からいじめられたり、差別されたりしたことがいまよりもっと多かった。だからあの人たちというのは本当に優しくて、人の心の痛みがわかるんだよ」

そういうものかもしれない。

そうして「相談」という単語に私は反応した。

そう、最近相談というものは、なんとエロティックなものだろうかと考えていた最中だったからだ。

つい先日、あるご夫婦に食事に招待された。

「マリコさんは、私たち夫婦を結びつけてくれたキューピッドだもの。結婚二十周年のお祝いを一緒にしてください」

今から二十年前、食事会をする時に私は奥さんの方を誘ったのだ。そこで初めて二人は会った。それから定期的に食事会は行なわれたのであるが、私は二人の接近に全く気づかなかった。なぜなら男性の方は五十代で三回めの結婚をしたばかり。

片や女性の方は三十代のおわりで独身であるが、長年にわたる恋人がいる。どう考えても結ばれるとは思ってもみなかったのだ。

しかしある時、河豚をつつきながら、

「私たち結婚します」

と宣言された時の驚き。まろぶように店を出て、タクシーの中でケイタイをかけまくり、このことを食事会の他のメンバーに伝えたことを憶えている。

彼女いわく、

「彼氏のことで、ずうっと相談していたら、こういうことになってしまって……」

女性はよく「相談」というテで、男の人の心をからめとろうとする。今の彼との悩みを語るというのは、エロティックで媚び以外の何ものでもない。それがこれほど有効で、近くで行なわれていたとは。そのことに驚いたのである。

夜のバーで今の彼について ひそひそと相談する。いいなぁ……やってみたかったな。しかし〝タネ火〟となるべき彼氏がいない身の上には無理だったな。夫では相談とならず、単なるワルグチとなる。

女優さんの髪

大河ドラマ「鎌倉殿の13人」、本当に面白いですね。

最初の頃、出会ったばかりの頼朝と政子のやりとりがまるでコントのようで、「何だ、これ！」

と腹をたてた私。

しかし回を追うごとに、役者さんたちは凄みを発揮する。

ただの女好きで優柔不断だった大泉洋さん扮する頼朝は、次第に冷酷さと計算高さを身につけ、小池栄子さんはまさしく強くりりしい政子そのもの。

そして菅田将暉さんときたら……これからはもう義経といったら菅田義経だな。愚かしいほど無邪気で、尋常ならざる戦好き。肉親愛に飢え、人懐っこい義経像はゆるぎないものとなった。

田中泯さんの秀衡も、迫力があり過ぎる。この方はもともと有名なダンサーだから、立っているだけでそら怖ろしいオーラを発するのだ。

五月二十二日の義経が死んだ回。私は泣いた。ええ、泣きましたとも。

脚本と俳優、そして演出が三位一体となった奇跡のような四十五分。息もつかせぬ時間。タダで（ＮＨＫ受信料は払っているが）こんな素晴らしいものを見せていただいてありがとうございます。私はテレビの前で頭を垂れた、ホント。

噂によると、今のＮＨＫ会長は、紅白歌合戦や大河ドラマをやめたい意向らしいが、ちゃんと続けてください。お願いしますね。

これだけ大河を誉めた後で、けなすのはナンであるが、朝ドラの「ちむどんどん」、かなりいらつく。はっきり言って面白くない。

前作の「カムカムエヴリバディ」があんないい出来だったので、習慣でつい見てしまうのであるが、

「もうこれで離脱」

と思い続ける今日この頃。

私のまわりの人たちも、

「本当にイライラするドラマ」

と口を揃えて言う。

まず長男がひどい。ホラ吹きで借金しまくり、家族に迷惑をかけっぱなし。挙句の果ては、妹の財布からお金を盗んでいく。最近は別の妹の縁談にことよせ、相手の父親から、お金を騙しとるクズぶり。

そのうちにヤクザからお金を借りたりしたらどうするんだと、私はいらぬ心配をする。考えてみると、主役の暢子ちゃんの設定と私はほぼ同い歳。だからもっと共感してもいいと思うのだが、そんなことにならない。

そもそも朝ドラのヒロインは、私らオバさんに好かれるかどうかが生命線だと思うのだが、かなりいけすかないコになってしまっている。可愛気がないのだ。

朝ドラのヒロインだから、やたら明るいのは仕方ないとしてそれが空まわりしている。自己評価がなぜか高くて、勘違いがはなはだしい。

レストランのオーナーの女性に向かって、

「自分で料理しないくせに偉そうです」

などと言うのはありえないはず。

同い歳だから私ははっきり言えますが、この時代女性シェフなんてほとんど存在しなかった。それなのにどうして彼女は、白いシェフの制服を着られるんだ。皿洗いとお運びならば、ふつうエプロンでしょう。

そもそも一流レストランで、見習い志望の女の子を試すために、厨房と食材を自由に使わせるなんて考えられない。

と、文句はいくらでも出てくるのであるが、極めつけはあの髪。コック帽からセミロングがはみ出している。

今日び女性シェフは珍しくないし、カウンターごしに彼女たちがきびきび働いているのを見ることが出来る。彼女たちに共通しているのは、ひと筋の乱れもなく髪を帽子の中にまとめていること。

どうして暢子ちゃんは、髪をちゃんと結ばないんだ。私は気になって仕方ない。

気になるといえば、あの女刑事の髪もどうなっているのか。

このところ日曜日、私の楽しみは「鎌倉殿の13人」の後、TBSの「マイファミリー」。子どもが次々と誘拐されて、五億という大金が要求される。しかし、警察に通報すると子どもは殺されるというので、親は自分たちだけで解決しようと奔走するサスペンスだ。

展開が早く、思いがけないことばかり起こる。ドラマでは視聴率トップだけあって、もう面白いのなんのって。

ここに傍役で女性刑事が出てくる。そう若くなくきりっとした表情。低く冷静な声でいかにもデキる女だ。髪を後ろでひとつにしばっているのだが、両サイドの前髪を長く垂らし、おくれ毛にしている。

これってすごくヘン。どうして同僚たちは注意しないのか。

「そのだらんとした髪、なんとかしろ」

私は彼女の髪を見るたびにイライラして、友人たちにＬＩＮＥする。

「あの女刑事のおくれ毛、ものすごく違和感があるんだけど」

しかし友人たちは、気づかなかった。何とも思わない、と言うのである。

暢子ちゃんの髪についても、

「可愛く見せるためには仕方ないんじゃない」

と寛大だ。

こんな風紀委員みたいなのは私だけであろうか。

私は昔から、髪と女優についていろいろ考えているから。

十年ほど前、かの名画「死刑台のエレベーター」が日本版でリメイクされた。ジャンヌ・モローは、長いウェイブがかかった髪だったが、日本の女優さんはショートカット。知的なイメージが前面に出て、愛人と組んで夫を殺そうとする女の情念があまり感じられなかった。夫殺しをする女性は、やはり髪が長くなくては。

そんなことを考えるのは、私だけだろうか。

立ち話

コロナもひとまず落ち着いて、というよりも落ち着いた、ということにして、今月から、海外から毎日二万人の観光客が来ることになった。

外国人観光客かあ……。

たった二年前まで、政府も経済界も、市町村も口を揃えて、

「インバウンド、インバウンド」

と言っていたっけ。

とにかくものすごい人数だった。東京の銀座は中国語がとびかい、歩くのがやっと。

山梨に帰省しようと、中央本線に乗ると、これまた外国の観光客。中国人よりも、大きなスーツケースを持った白人が多かった。

「あなた方はいったいどこに？」

と尋ねたい欲求にかられるのはしょっちゅうだった。

日本に来てくれるのは有難いけれど、この多さは尋常でない。いつかパチンとはじけるのではないかと心配したとたん、コロナが始まったのである。

ずっと海外に行けない、あちらからもやってこない、という日々が二年続いた。

おかげでこの頃、中国語を聞いたり、白人のカップルを見たりすると、懐かしい気分になる。日本人でも同じだ。昔は混雑しているところが大嫌いだったのに、今はそうでもない。繁華街と呼ばれるところを、たくさんの人が歩き、肩が触れ合ったりするとちょっと嬉しい。やさしい気分になるのである。

連休に軽井沢に出かけた。アウトレットに行き、軽井沢銀座を歩き、行列に並んでパンを買い、ソフトクリームをなめる。

そしてふと犬丸一郎さんのことを思い出した。

犬丸さんは本当にカッコいい紳士であった。帝国ホテルの社長としてだけでなく、日本が世界に誇るＶＩＰであった。教養、知性、美貌、素晴らしい人柄すべてお持ちだった。

ある時、航空会社の機内誌を読んでいたら、ローマの名門ホテル、ハスラーを案内する犬丸さんのグラビアが。私は図々しく、パーティーでお会いした犬丸さんに話しかけた。ほとんど初対面だったにもかかわらず、

「今度ローマを旅行するんですが、ハスラーを紹介してくれませんか」

犬丸さんは快く骨を折ってくださり、おかげで本当にいい思いをした。その数年後はイベント出席のため、パリをご一緒した。その時ホテルも同じで、私は犬丸さんからチップの払い方や、ホテルマンに対するふるまいなどをご教示いただいたのである。今でもそれは私の大切な財産だ。

犬丸さんがこの軽井沢銀座の混雑を眺めたら、きっと顔をしかめられたに違いない。軽井沢をこよなく愛されて、『軽井沢伝説』という本をお書きになっているほどだ。

古きよき軽井沢の思い出が綴られているがそれだけではない。最近別荘を構える金持ちに対しても、はっきりおっしゃっている。要塞のような建物をつくり、東京から客と有名レストランのシェフを連れてくる。そして外に出ようとしないのだと。

昔の軽井沢はそうではなかった。みんな夕方になると、軽井沢銀座をそぞろ歩く。そこで知り合いに会い、立ち話をするのだ。それが何とも楽しかったと。

私は今回、毎日のように軽井沢銀座を歩いた。しかし知り合いに会うことはまずない。おいしいと評判の食べもの屋さんでは会っても、この銀座の人混みの中では無理でしょう。犬丸さんの時代とは全く違う。ここは観光地。いきかう人は観光客。一面識もない人たち……。

ところが突然、

「マリコさん!」

と話しかけられた。明治の元勲を曾祖父に持つ、やんごとなきA氏。どうしてこんな方と知り合いかというと、同じボランティア団体に所属しているのだ。

「やっぱり◯◯家は別荘をお持ちなんですね」

「いや、父方の別荘は手放しましたが、母方のものがあります」

というお答えもいかにもハイソサエティという感じだ。気づくと私たちを、もの珍しそうに見ていく人がいる。

そうか、これが犬丸さんの言う「軽井沢銀座での立ち話」か。私は感動した。

そして別れぎわに、上品な奥さまがおっしゃった、

「ごきげんよう」

にも。

純粋な「ごきげんよう」を聞いたのは、初めてだったのである……。

ところで皆さん既にご存知だと思うが、このたび母校日本大学の理事長に就任することになった。

新聞、テレビ等でも大きく報道され本当に有難いことである。

その際ほとんどのメディアで引用されているのが、四年前の週刊文春連載ページだ。ちょうど日大のアメリカンフットボール部の危険なタックル事件が起こった時だ。

私は憤然としてこう書いた。

「こうなったら私が立候補します」

これは理事の一人にしてほしいということであったが、当時は全く無視された。

そして四年たち、今この言葉がすごいインパクトを持ち始めている。が、理事と理事長が混同されるのには閉口した。私が理事長に立候補して、それを日大側が受け入れたわけではない。

それから四年前の、

「無給でやります」

という言葉も誤解されるかも。月に一度理事会出席の理事と、激務の理事長とでは事情が違ってくる。仕事も整理し、相当の覚悟でのぞまなければならないのだ。

正直言うと、

「最初のうちは、あまり荒波たてずに、敵をつくらないようにしないと」

などと考えていたのであるが、この四年前の文章を読んで考えを変えた。

日大という組織に本気で腹を立てている。自分が何とかしようと拳をふるわせている。その気持ちを思い出した。「負うた子に教えられ」という言葉があるが、これは、

「自分の文に励まされ」

ということであろうか。

最後に、

「ネタづくりのために就任したんだ」

と言われるのも、物書きとして癪《しゃく》なので、学校ネタはあまり書かないことにします。
よろしくお願いします。

シュールな祖母

「ハヤシさん、明日はいったい誰と会うんですか」

秘書が私に聞いた。

スケジュールは彼女がすべて管理してくれているのだが、私がとっさに手帳に誘いをメモすることがある。それを彼女が上手に擦り合わせてくれているのだ。しかし彼女はこのメモが全くわからないという。

「六日六時　会食」

とだけある。

はて、私はいったい、誰とどこでご飯を食べるんだろうか。

「ほっとけばそのうち、相手が念を押してくると思うけど」

しかし前日になっても、全く何の連絡もない。次第に不安になってきた。

いつもおいしいものをご馳走してくれる秋元さんからだろうか。

それとも京都の食通、サイトウさんからだろうか。

いや、お二人との会食は別の日に既に決まっている。

女友だちの誰かだろうか。

私はＬＩＮＥをチェックし始めた。しかし会話を過去にさかのぼって調べるのだから、その大変なこと。

だがついに私は発見した。高校時代の友人、Ａ君のＬＩＮＥの中から、このメッセージを。

「お前のうちの近くで、おいしいスペイン料理屋を見つけたから六日にどう？　Ｂ子も呼んどくから」

Ｂ子さんも私の高校の同級生、いわば身内である。あまり大ごととも思えず、つい走り書きとなったわけだ。

当日はワインを持ってみんなが集った。初対面の人も三人いて、みなさんシャンパンやワインをお持ちになっている。六人でお酒は七本。

それほど量は多くなかったのであるが、赤をたて続けに飲んだせいか、とても酔っぱらってしまった。

タクシーで送ってもらったのだが、その夜のことをまるで憶えていない。

「もしかすると、お金を払わずに帰ってきたのでは」

と翌朝ＬＩＮＥしたら、

「ちゃんと割りカンの分くれたよ」

という返事。

傘もちゃんと持って帰ってきていた。しっかりしていたんだ。

しかし、私はどうしても払った記憶がない。ボケてきたのではないかと怖くなる。しかも久々の二日酔いで、トイレで何度も吐いてしまった。

全くいいトシして、二日酔いなんて本当に恥ずかしい。

私たち同級生三人は、

「オレたちあと何年生きられるかな」

などとシリアスな話をしていたのにもかかわらず、かなりの量の料理を次々と食べ、ガブガブ飲んでいたのである。

老いと、まだ若い、という自惚れとがいり混じる年齢なのかもしれない。

ところで私は、フェイスブックやブログをやっていないけれども、面白いことがあると友人たちにＬＩＮＥで送る。いっぺんに四十人ぐらいにだ。

先日は、工事現場の黄色のフェンスに、青色のコーンがまさしくウクライナカラーで、写真を撮りみんなに送ったら大変な反響があった。

そういうことに、生き甲斐を感じる私。

今日、用事があってある地方の医療大学を訪ねた。大学の方が、中を案内してくださる。看護学科を見学した。制服を着た看護学生たちが、真剣な様子で心臓マッサージの実習をしている。マネキンの胸を押し続けるのだ。力を込めて。

一緒に行った人がその場を離れない。

「自分は心臓弁膜症だから、いずれこういうこともあると思って」

ということであった。

「次の部屋は、小児科の実習室です」

誰もいない部屋の明かりをつけてくれた。

部屋の壁の方に、小さなベッドが並べられ赤ちゃんの人形が寝ている……。

「キャッ！」

私は小さな悲鳴をあげた。その隣りにお母さんと、赤ちゃんの人形が並んで寝ているベッドがあったのだが、そのお母さんの怖いことといったら。乱れている真っ黒な髪、眉毛がなくかっと見開いた目、半開きの唇。添い寝されている赤ちゃんの顔も不気味だ。

「この写真、撮ってもいいですか」

「もちろんですよ」

皆に送ろう。

「ハヤシさん、ついでに赤ちゃんを抱っこしたらどうですか」

別にしたくもなかった。全然可愛くない赤ちゃん。もう抱き方も忘れてしまった。わりと乱暴に持ち上げる。案外重い。えーと、赤ちゃんってこんな抱き方だったろうか。ぷるーんとふりまわそうかと一瞬思ったのだが、看護学科の先生もいる手前、まあ、ふつうに抱いた。

「写真お撮りしますよ」

そしてその方は笑って言った。

「お祖母ちゃんと孫ですね」

確かにそのとおりかも。

帰りの新幹線の中、私はまた大量に母子の写真を送りつける。みんなからは、

「怖すぎ」

「夜うなされるかも」

こういう時、本当に嬉しい。心から。

ついでに赤ちゃんを抱っこしている写真も、

「初孫を抱いて」

とキャプションをつけたら、これがウケた。

「よくもまあこんなバカバカしい写真を」

という声も寄せられた。

しかし自分の老いをネタに、これほどシュールなことが出来るだろうか。

「祖母と初孫」写真、かなり気に入っているのだが、やはり怖いですかね。

半世紀前に

母の命日だったので、姪と一緒に山梨へお墓まいり。

久しぶりに乗った中央線は、これほど美しい車窓が拡がるのかと驚くばかり。ずーっと深い緑が続く。

駅には従姉《いとこ》たちが迎えに来てくれていて、車でお寺に向かう。

お墓の前で手を合わせた。今からちょうど半世紀前、母が無理をして東京の大学に行かせてくれた。それが今度のことに繋っているのだ。

当時大学進学率は、短大も含めて三割ぐらい。私は別に勉強が好き、というわけでもなく、やりたいこともなかった。本当ならば高校を出て働いてもよかったのであるが、単に、

「東京で楽しいキャンパスライフをおくりたい」

という理由で進学を決めたのである。今思うとかなり親に無理をさせた。本当に申しわけない。

が、母はこう言っていた。

「家がボロくても、将来お金をつくって建て直すことが出来る。だけど教育は今、やらなきゃいけないから。どんなことをしても、今でなくては」

社会人教育などなかった時代のことである。

そしてせっかく大学に入っても向上心もやる気もない私は、のんべんだらりんクラブ活動とアルバイトに精を出すだけ。ものを書いたりするのはずっと後のことになる。

「マリコがこんな風になるなんて、全く思ってなかったさー」

八歳年上の従姉は証言する。隣りに住んでいたから姉妹のように育った仲だ。

「子どもの頃はいつもハナをたらして、ぼーっとしてたものねー」

「私、おばちゃんの成績表見たことあるよ」

突然姪っ子が言った。

「お祖母ちゃんが死んだ後、片づけしてたら出てきたよ」

薄ら笑いを浮かべている。

「あれを公表すると面白いかもねー」

「こら、私の立場はどうなる！」

この子の父親は私の弟にあたる。

人のうちのことをずらずら話しても面白くないかもしれないが、弟は子どもの頃から秀才の誉高《ほまれだか》かった。成績もトップでいつも委員長。

「それにひきかえお姉さんは……」

とよく言われていたものであるが、

「反対よりはずっといいじゃん」

と澄ましていた私。

まだ男尊女卑の風があった時代である。

母はこう言った。

「あのコは私にそっくり。真面目な努力家。マリちゃんはお父さんそっくり。お父さんを見ていて嫌なところは、みんなマリちゃんが引き継いでるわよ」

つまりぐーたらでだらしないところがそっくり、ということである。

発明狂でギャンブル大好き。いきあたりばったりの楽天家の父と、戦前女学校教師をしていた母とはまるで性格が違っていた。

「伯母ちゃんは伯父さんのために、どれだけ苦労したか」

と従姉。

「子どもたちを連れて、家を出ようって何度も思ったらしいよ」

「でもいい伯父さんだったよね。憎めなくてね。面白くて私は大好きだったよ」

「そう、そう、影絵をして見せてくれたり、発明品のおもちゃで遊んでくれたよねー」

と従姉。

「今の和夫（弟のこと）とそっくりだね」

今、関西に住んでいる弟は、会社を退職した後は、声楽を習い合唱団でバリトンパートを歌っている。とにかく歌うのが大好き。あとお酒も大好きで、彼のフェイスブックは、歌っているか飲んでいるか。お金はなくても本当に毎日楽しそう。

あのお気楽なところが、死んだ父親とウリ二つと従姉たちは証言する。

「そこいくとマリコは、伯母ちゃんそっくりになったね」

こんなにコツコツ努力する人になるとは。

「昔は本当に、どうしようもなかったものね」

「だから私、成績表見たよ」

姪がまた余計なことを言う。

ところで話は変わるようであるが、三号前のこのページで、

「『鎌倉殿の13人』には泣いたけれど、『ちむどんどん』にはいらいらするばかり」

というワルグチを書いた。

そうしたらある人から、

「ハヤシさん、そんなこと言わない方がいいよ。脚本家の羽原大介さんって、ハヤシさんの後輩だよ。日本大学藝術学部文芸学科の卒業だよ」

ウィキを確認したら、そのとおり。しかもこの方は日大明誠高校卒業ではないか。

この高校は山梨県にある日大の付属高校。しかも大学四年生の時、私が教育実習に行った学校ではないか！

実習が終わった時、私は担任の先生から、

「ハヤシさんは、学校の先生にとても向いていますよ」

と言われたことがある。お世辞かもしれないが、私はとても嬉しくかなり自信を持った。といっても、その後受けた各県の教員採用試験は、ペーパーですべて落ちてしまったが。

とにかく朝ドラ、大河、今二つのドラマの脚本家は、二人とも日大藝術学部の出身なのだ。これはとてもすごいことではないだろうか。

だからと言うわけではないが、この頃「ちむどんどん」は、徐々に面白くなっている。ヒロインがあれほど自己評価が高く、オーナーがそれを許している訳がわかった。ヒロインの大おばさんだったのだ。ヒロインの妹の今後も気にかかる。相変わらずいらいらは残るが、これも脚本家の作戦なのだろう。

日大のことは書かないと言ったが、この頃起きている時間はずっとそのことを考えている。すべてが日大と結びつく。

半世紀前、十八歳の私が面白そうな学校と思った時から、すべてのことが始まっていたのである。

私が会った人

「ハヤシさん、子どもの頃に会った有名人というのが、その後の人生に大きな影響を与えてくれるってことがありますよね……」

雨の京都、寂光院を歩きながら、小学館の編集者、H氏がしみじみと言った。

私はここの「和樂」という雑誌で、平家物語の超訳といおうか物語化をやっているのであるが、今回は京都に取材とグラビア撮影のためにやってきたのだ。

H氏とは長い長いつき合いになる。髭をたくわえたおしゃれな彼が、女性ファッション誌の編集長をしていた時からだ。

ここで働く女性を主人公に連載小説を書いた。それがベストセラーになりドラマ化されたのも、二人の大切な思い出だ。本もドラマも大きな力を持っていた最後のときであろう。

が、彼は今、日本の美や文化を特集する「和樂」という雑誌を手がけている。その方面の知識や教養も半端ない。こうして古い寺をめぐっても、彼の口からさまざまな興味深い話が出てくる。

「ハヤシさん、僕は仏像の写真を眺めたり、スケッチしたりするのが大好きな変わった子どもだったんです」

小学校四年生の時だ。

「遊びに行った奈良で、入江泰吉先生と出会って握手してもらいました。その時の感激は一生忘れません」

入江泰吉……。恥ずかしながら知らなかった。仏像をテーマに多くの写真を残している写真家だという。

「本当に嬉しかったですね。あの時の強烈な思いがあるから、ずっと仏像やお寺が大好きで、それならお前が編集長やれと『和樂』を任されたんですよ」

彼はうっとりと、雨に濡れた青もみじを見つめる。人も少なくしとしとと雨が降っている寂光院は、いかにも悲劇に生きた国母にふさわしい。

「僕は今年で定年になりますが、最後に入江先生の豪華版写真集を出せて本望ですよ」

「いい話だよね……。私も子どもの頃、有名人に会っていたら、少し人生が変わっていたかもしれない。だけど山梨の田舎だったから、そんな人に誰も会うことはなかったっけ……」

そういえば、こんなことが、と私は話し出す。

「話の流れで自分が有名人だ、と言っているようでナンだけど」

昔からヘアメイクをお願いしている女性が、ある時若いアシスタントをつれてきた。金髪のいかにも今どきの女の子だ。

「足立区生まれ、足立区育ちの、うちのヤンキー娘です。二十歳になりますけど、生まれてこのかた、ハヤシマリコ、っていう名前を見たことも聞いたこともないっていうんで、ここへ来る道々いろいろ教えてやりました」

「若い人が、私のこと知らないのはあたり前だよ。これからよろしくね」

「あの、私、本を読んだことないんですみません」

「今の若い人はみんなそうだよね」

「でも一冊、ハヤシさんの読みます」

ということで、軽いエッセイ集を渡したところ、それを案外気に入ってくれたようで、別の本を本屋に買いに行ったそうだ。

「生まれて初めて本屋さんというところに行きました。そこでハヤシさんの本以外の別のものも買って、それがとても面白かったです」

それから本を読むようになり、職場に本を持ってくるので、

「○○ちゃんが本を読むなんて」

と皆にびっくりされたそうだ。彼女は素直なとてもいいコで、いろんなことをどんどん吸収

していく。このあいだは彼女のお店に行った時、凪良ゆうさんの『流浪の月』の文庫本をあげたら、

「わー、本だ！　面白そう。すぐに読みます」

と、とても喜んでくれた。

「というわけでね、私も彼女の人生にちょっぴり影響を与えたかなーって思っちゃったわけ」

などと話しながら、マイクロバスは三十三間堂へ。

ここは後白河法皇の命で平清盛が建立したもの。千一体の仏像が並んでいる。何度も来ているが、金色の仏像がぎっしり並ぶさまは壮観そのもの。

「でも、先生、後ろの方の仏像は、かなり手を抜いてる、ってことはないですかね」

同行の先生に聞く。中世文学を研究していらっしゃる女性教授だ。いつもレクチャーしてくださる方。

「そんなことはありませんよ。この三十三間堂は三つの仏師グループが担当していたと言われてます。手を抜く、なんてことはないでしょう」

三十三間堂は修学旅行生でいっぱいだ。私は先ほどから、目の前をいくグループが気になって仕方ない。

中学生たちなのだが、中にまだきゃしゃな体つきの少年がいる。その子はジッパー付きの黒い財布から小銭を取り出し、賽銭《さいせん》箱に投げ入れる。そして小さな手を合わせて祈る。可愛らし

いったらありゃしない。

そのうちしゃがんで、下に取りつけてある説明文をじっと読み始めた。彼が立ち上がった時、勇気を出して話しかけた。

「歴史が好きなのね」

「いえ、別に好きじゃありません」

突然見知らぬおばさんに話しかけられ、とまどいながらもハキハキと答える。

「でもじっと読んでたよ」

「この仏像は興味あったから」

「あのね、私たちは平家物語の取材に来たの。この人は、小学館という出版社の人」

「知ってる……」

その時、H氏が、

「この方は有名な中世文学の教授だよ」

「作家のハヤシマリコさんだよ」

と説明したが、首を横に振る。そして足早に去っていった。

「でもハヤシさん、彼は何年後か、きっと今日のことを思い出しますよ。三十三間堂でハヤシさんに会ったことを」

私はとてもそうは思えないのであるが。

節電と節約

暑い、暑い、暑い。なんという暑さであろうか。

昼間、すぐ近くのポストまでハガキを出しに行ったが、坂の途中で暑さのために倒れそうになった。

私は蒸し暑いことで有名な、甲府盆地の一角に住んでいたが、こんな暑さを経験したことがない。私の子どもの頃は、冷房などなかったが、窓を開け放してなんとかやっていた。

うちの夫が言う。

「このあいだ電話の回線を直してくれた人が言ってたけど、屋根に太陽光パネルをつけないかって」

「ふうーん」

「電気を売るのは無理だけど、このうちの電気の何割かはつくれるみたいだよ」

ちょっと心が動いた。

この灼熱の太陽光を、エネルギーに変えるという発想は確かにいいと思う。

「工事費は百万円ぐらいかかるらしいよ」

「百万円！」

「だけど二十年ぐらいで償却出来るってさ」

「二十年なんて、何考えてるの⁉」

私は言った。

「二十年後にこのうちに住んでるわけないでしょう」

事務所も兼ねた一軒家は、本当にお金がかかる。掃除もメンテナンスも大変。しかもやたら階段が多いうちなのだ。もう少ししたら、小さくて便利なマンションに住みたい。その頃は一人でのびのびと……と私は考えているのだが、それを口にするのはさすがにさし控えていたところ、あちらがすぐに察してくれた。

「そうだよなあ……、二十年後にオレも生きてるはずはないしな」

そうだねー、とも言えずに黙ってしまった。

とにかく太陽光パネルはつけないことになったのだ。その替わり、というわけでもないが、夫の「節電」「節電」とうるさいこと。

たまたまキッチンやトイレの電気を消し忘れようものなら、

「いったい何を考えてるんだ。いま電気はギリギリのところでやってるんだぞ」

と怒られる。

以前だったら無視するところなのであるが、トシと共に心配性になっていく私である。さらにひどい電力不足になって、エアコンがつけられなくなったらどうしよう、計画停電ということにでもなったら……。

そのうえ、今年は梅雨が短かく、水不足が予想されるというではないか。もうじきテレビで毎日のように、ダムの水位が中継で映し出されるはず。

「都民の水がめ、小河内《おごうち》ダムの水位が下がり続けています」

あれを見ると、本当に追いつめられた気分になっていく。東京は何度か水不足に陥って、プールが禁止されたり、紙皿使用となった。あんな日がまたやってくるのかと考えると本当に憂うつだ。

この信じられないほどの暑さの中で、私の思考は悪い方、悪い方へと向かうばかり。

こういうことを言うのは、非常に矛盾していると思うのであるが、この頃太陽光パネルを見るたびに、アレッと感じることが多い。

とある地方に行った時に、美しい緑の中、ところどころにまるでバンソウコウを貼っているようなパネルを見た。あまり見よい景色とはいえない。

「ここは市長が推進していて、どんどん増えてます」

平地の方に行ったら、さらに広大な範囲にパネルがどこまでも続いている。

十年ぐらい前のことを思い出した。友人が、震災の被害に遭った東北の海岸に沿ってずっと風力発電機を設置するのが夢だと言い出したのだ。

「全く公害もないし、最高のアイデアだと思うけど。これで東北の電力の多くをまかなうことが出来るよ。僕は本気で取り組みたい」

「だけどなー」

私は首をひねった。

「渡り鳥はどうなる？　あそこでストップになるよ」

どんなエネルギーも、すべて文句なし、などということはあり得ない。まあ、私たち日本人は「分不相応な暮らし」をずっと続けてきた。水はじゃんじゃん使い、資源の少ない国で電気も好きなように使っていたしな。

銀座東七丁目の交差点に、巨大なエスカレーターが設置されている。人がいてもいなくても、上りのエスカレーターが二基エレベーターが二基、計四基動いている。私はあれを見るたび、いつも空怖しいような気分になってくるのだ。

「こんなこと、本当に許されるのであろうか……」

そんなことを思いながら、うちではでれでれとクーラーをきかして、テレビを見続けているのが私のよくないところ。そして夫に怒られる。

もうじき選挙であるが、みんな怒っている。ものは値上がりする一方なのに、給与はまるで上がらないからだ。

この頃、雑誌ではしょっちゅう節約の特集をしている。このあいだまで、

「新聞は図書館で読みましょう。本も自分で買わず、図書館で借りましょう」

などと書いてあった。

「自分のところの本を買うなということだよね。出版社がこういうこと書いていいんだろうか」

と不思議に思っていたが、関係者の誰かが大きな声で言ったらしく、さすがに、

「本は買わずに図書館で」

という文が消えた。

が、人々の心の中に残ったに違いない。

節約というと、食べものの次に削られるのが雑費といおうか娯楽費。本を皆さん買わなくなる。単行本とはいいませんが、せめて文庫を。最近続々と文庫の新刊が出ております。よろしくお願いいたします。読書で暑い夏を乗りきりましょうと、各社キャンペーンしております。

謎をとく

青山通りの外苑前でタクシーに手を挙げた。

「銀座四丁目にお願いしますね」

「お客さん、私、新人なので銀座四丁目って知らないんですよ」

若い女性の声だ。あまりにも無邪気に言われたので、何か言う気はすっかりなくなってしまった。

「それじゃあ、とにかく、まっすぐ、まっすぐ行ってください。いや、いや、そっち行かないでとにかくまっすぐ……」

こういうのってとても疲れる。そのうち私は文句を言いたくなったが、オバさんがそういうことをすると、若い女性へのイジワルととられそう。じっと我慢した。

しかし和光の建物が見え始めた時、私はついに言った。

「運転手さん、あの時計が和光、その前が三越……。ここは東京のランドマークなんだから、タクシーの運転手さんとして憶えておいた方がいいと思いますよ」

「あ、テレビでよく見ます」

ハキハキした声。

「私、千葉なんですけどテレビで見ました。あれが三越なんですね」

「千葉っていえば東京圏内だよね」

「でも、田舎の方で、東京に来たことなかったんです」

ふうーん。

次の日もタクシーに乗ったら同じことが。

「お客さん、新人なので道を教えてください」

「わかりました。私は車を運転しないので、うまく説明出来ません。ナビを出してください」

そして帰り道、なかなかタクシーが来ない。やっと空車がやってきた。

「お客さん、私、新人なんですよ……」

「ナビでお願いします……」

そして私は若い男性運転手に、つい嫌味を言った。

「昨日から、ずーっと新人の運転手さんばかりなんだけど、どうしてかしらねー」

「ちょうど新卒が道路に出る時なんじゃないですか」

ふうーん、そうなのか。

友人は別の意見だ。

「この頃、みんなタクシーはアプリで呼ぶ。流しのタクシーはどんどん数が少なくなっている。アプリの呼び出しにあぶれちゃった新人だけが流してるんだよ」

ふうーん、そうなのか。

その言葉でつくづく思い出したのは、記録的猛暑日の午後、青山通りで全くタクシーをつかまえられなかった時だ。青山通りでこんなはずはない、と私は粘った。

ウソでしょ、ともつぶやいた。しかし土曜日の午後、空車のタクシーは全く通らない。確かにどのタクシーもみんな人が乗っている。二十分経過……。七月の太陽は肌を刺すようである。

それならば、電車で帰ればいいではないか、と言われるかもしれない。しかしエステの帰りで、私は全く化粧していないのである。逃げるようにしてタクシーで、一刻も早く帰りたい。

その時だ。一台のタクシーが目の前に止まった。表示は「支払」となる。やっと車に乗れるのだ。

若い夫婦とベビーカーの子どもが降り、そして続いて助手席から男性が。その男性は夫婦に別れを告げ、しばらく立っている。タクシーは「支払」のまま。

やがて事務服の女性が近づいてきた。男性と何やらやりとりしている。が、やがて男性の姿がどこかに消えた。これでもう五分は経過している。

何かが起こったのだ。私は諦めて宮益坂へ行く角を曲がった。しかしここにも空車はない。仕方なく引き返した。驚いたことにタクシーはまだ「支払」のまま停まっている。途中、年配の男性が乗ってもいいか、と尋ねて運転手さんに拒否されている。

私は立っている事務服の若い女性に尋ねた。

「これ、乗れないんですか」

「そうです、すみません」

こうなったら意地だ。絶対にこのタクシーに乗ってやる。そして何が起こったのか確かめてやる。

私はしばらく待った。もう既に十分以上は経過している。やがて男性が戻ってきた。そして運転手さんと何やら話し、表示はやっと「空車」に。

「いったい、何があったんですか」

シートに座るなり私は尋ねた。

「あのお客さん、お財布を忘れたんで、事務の女性にチケットを持ってきてもらったんですよ」

「なるほど」

「だけど、そのチケットがうちで扱わないものだ、ってことがわかったんで、また財布を取りに男性はオフィスに戻ったんです」

「スマホで払えたのに」

「お客さん、スマホも財布も、何もかも忘れたようなんです」

「そうはいってもね……」

この炎天下の稼ぎどき、お金を払ってもらうだけで十五分以上かかったから、たまったものではないだろう。ことのなりゆきを見ていた私も私だが、とにかく真相がわかってよかった。

ところで話が全く変わるようであるが、さっき編集者からＬＩＮＥが届いた。写真が添えられている。

「〇〇書店に行ったら、ハヤシさんのこんな大きなコーナーが出来てましたよ」

〇〇書店といえば、日本を代表する大書店。そこに「日大変えたる　から四年　祝・母校理事長就任」というボードが飾られ、その間に出版された私の本がずらり並べられているのだ。

涙が出るほど有難いが、理事長就任をきっかけに突然私の本が売れ出した、ということは聞いていない。

しかし嬉しくて、各社の編集者にその写真を送ったところ、そのうちの一人が、

「日大出身の店員さんがいたのかも」

そうか、それならば全ての謎がとける。

ありがとうございます。店員さんも謎をといてくれた人も。

八十歳の壁を越えること

安倍元総理が亡くなったのは本当にショックであった。それもあのような非業の死を遂げられたのだ。

どうして警官でもＳＰでも、ひとり後ろを向いていなかったのか。

どうして前に立っていた人が、早く気づいて叫び声をあげなかったのか。

口惜しくて口惜しくて、ある時からニュースを見なくなった。

安倍さんの後ろには、はっきりと犯人が映っている。こんな近くまで来ているのに、どうして誰も何も気づかないんだ。

眼鏡をかけたふつうの男。この人が何分後かに銃を取り出す。迷うことなく撃つ。

なんと怖しいことだろうか。

安倍さんのことがあってから、まわりの人に急に言われるようになった。

「ハヤシさんも本当に気をつけて」

安倍元総理と比べるべくもないが、私ごときでもおかしな手紙がちらほらとくる。日大理事長就任に際して、大学の公用車は使わないと宣言した私であるが、この頃バンに乗せてもらうようになった。

秘書や職員たちと視察に行く時にもとても便利である。が、うちの夫は言う。

「バンに乗る時も、まわりにヘンな人がいないかよく確かめるように」

私も夫に注意する。

「スキャンダル、気をつけてよ。もし女の人が寄ってきたら、自分のようなビンボーなジイさんにおかしい、とまず疑ってかかること」

ところで、また私のスケジュール帳に謎がひとつ増えた。

「この日、私はいったい誰と約束していたのだろうか……」

七月〇〇日、日本橋の天ぷら屋△△とだけある。

「これ、誰との会食なの？」

と秘書A（最近日大にもう一人秘書が出来たので）に尋ねたところ、

「ハヤシさん、私のところにこんなＬＩＮＥを転送してるんですよ」

たび重なるダブルブッキングで失敗してからというもの、私は誘いのＬＩＮＥを、すぐに秘書に送るようにしているのだ。

「先生、予約半年待ちの、日本橋の天ぷら屋に行きませんか。私の妻と友人、そして先生とで四席取りました」

「これが転送されてきたのは、今年の一月です」

「一月！」

私が誰との約束か忘れても無理はない。

「誰と天ぷら食べるんだろう、私？」

「〝天ぷら〟で検索してみたらどうですか」

ＬＩＮＥにはそういう機能がある。その単語を使った人を割り出してくれるのだ。

私は次々と「天ぷら」や「日本橋」をキーワードにしたが駄目だった。

「だけどハヤシさんを、先生と呼ぶ人って限られてますよ。その人に見当つけたらどうでしょうか」

確かに編集者も、みな私のことを「ハヤシさん」と呼ぶ。親しい人は「マリコさん」となる。とはいうものの、このトシになれば先生と呼ぶ人も数人はいる。その一人は年下の飲み友だちだ。なぜか私のことをふざけて「先生」と呼ぶ。

彼とのＬＩＮＥをかなりさかのぼってみたら、確かにありました。今年の一月。

「先生、予約半年待ちの……」

よかった、よかった。

そして先週の週末は、尊敬するジャーナリスト、下村満子さんの誕生日パーティー。冒頭の挨拶でこんなことをおっしゃった。

「コロナでずっと中止していてごめんなさい。昨年は出来るかな、と思ったらやっぱり駄目だった。急きょ中止にしたんですよね」

その連絡をメールでいっせいにしたのであるが、ある有名俳優夫妻が、大きな花束を持って誰もいない会場に現れたそうだ。

「連絡がいきとどかず申しわけなかったの」

スケジュールのトラブルを起こすのは私だけではないらしい。

それにしても、このパーティーに出席している方々の、若さと美しさときたら目を見張るばかりだ。八十代（詳しい年齢を教えてくれない）の下村さんの友人でみんな八十代だ。赤いドレスをお召しの下村さんも充分に若いが、他の方たちがすごい、なんてものじゃない。

みなさん綺麗でファッショナブル、そして仕事の現役なのだ。

近況報告のようなことをスピーチなさるのだが、パリの出張から帰ってきたばかりの照明デザイナーの石井幹子《もとこ》さん。美容家の小林照子さんは、新しいプロジェクトを立ち上げたそうだ。川口順子《よりこ》さんや堂本暁子さんも昔と変わっていない。お話はサエてるし、背筋が伸びていて美しい。こういう方々が、お互いを、

「ミツコちゃん」

「テルコちゃん」

と呼び合っているのはなんともいい光景だ。

途中で下村さんがおっしゃった。

「私たちは別に忙しがっているわけじゃない。仕事がいっぱい来て本当に忙しいのよ」

なんて幸せな八十代だろうか。下村さんもご自分の塾をいったん閉じて別の形で始め、これからはＹｏｕＴｕｂｅをなさるそうだ。

「八十代のＹｏｕＴｕｂｅｒで売り出そうとしてるけど、そんなのイヤよね」

と笑っていらっしゃる。元「朝日ジャーナル」の編集長、頭はサエわたっている。

それにしても、といきつくところは安倍さんのこと。今の世の中、九十、百までふつうに生きる。

私と同じ齢の安倍さんは、どんな八十歳を迎えただろうか。政界の元老として睨みをきかせていたか。奥さんと海外旅行をしていたんだろうか、いや、映画監督になりたいとおっしゃっていたっけ。本当に口惜しくてたまらない。

怖い話

昨日、年に二回の大仕事である直木賞の選考会があった。

今回の受賞者は窪美澄さんだ。窪さんといえば、いくつかの文学賞を受賞した、既に押しも押されもせぬ人気作家であるが、今回の短篇集も素晴らしかった。

ネタバレになるから詳しくは言えないのであるが、ひとつの作品は幽霊が出てくる。さりげなくごく自然に登場して、全く怖しくはないが、ただ悲しい。短かいけれども、読み終えると涙腺がゆるんでくる。

夏になると、怪談話がぐっと増えてきて、それは私の楽しみだ。特に志の輔さんの落語「牡丹灯籠」は欠かせない。何度聞いても、名人の手にかかると背中にじわじわと冷たいものが這ってくるのである。テレビの怪談話特集もつい見てしまう。このあいだはＹｏｕＴｕｂｅの怪奇特集にハマっていたが、結局は何も明らかにならないのが残念である。

あとは友人たちから、怖い話を聞くのも大好き。編集者のひとりに、霊感がものすごく強い女性がいて、彼女が打ち合わせに来るたびに、

「最近、何かない？　何を見た？」

とまず聞く。

彼女はごく自然に語り出す。

「そうですねー、朝出勤の途中で、いつも会うお爺さんがいます。お爺さんは自分が死んだことに気づいていないので、きょとんとして立ちすくんでいます」

「えー、それってどうしてわかるの」

「他の歩いている人と全く違います」

透けるような感じらしい。

彼女の会社は大きなお寺の近くにあるので、時々知らない人が机の近くまで来て、話しかけられるということだ。

もう一人、作家の友人でとても霊感の強い人がいて、この人は相手の後ろにある光を見るという。ある時、仕事でやってきた担当編集者の後ろにどす暗い光を見たという。

「その人はその後急死しました」

その話を聞いてからしつこく尋ねる。

「私の後ろには何も見えてないよね？　何もないよね？」

するとその方は笑って、

「大丈夫、大丈夫」

と頷《うなず》いてくれるのでやっと安心出来る。

といっても、本来の私はとても怖がりで、出来るだけそういうものには近寄らない。また聞きするのが好きなだけだ。

さて最近の私はいろいろなところに視察に出かける。先週行ったところは日大の附属病院だ。医学部の方もいろいろ見せてもらう。歴史ある古い建物の校舎だ。

そして地下に降りた時のこと。

「ここは解剖室になっています」

どうぞご覧ください、とドアを開けてくれた。

「とんでもない」

後ずさりする私。

「こういうの、本当に苦手なんです。行きません」

「ご遺体はありませんよ」

「でもベッドはありますよね！」

ドアごしにちらっと見ただけで震えている私を見て、

「本当に怖がりなんですね」

と皆が呆れていた。

そう、そう、こういう場所も苦手であるが、夜の神社やお寺というところも好きではない。古びた神社の拝殿に、何かがひそんでいるような気がするのである。

ついこのあいだ、プーチン大統領のワラ人形を木に釘で打ちつけたというのが話題になった。世の中、ヒマなヒトがいるもんだというのが私の感想であるが、最近は防犯カメラが設置されているので一部始終映っている。それをワイドショーが流す。犯人はどうということのないふつうのお爺さんであった。器物損壊等ということになるらしいが、こんな風に顔をさらされる（マスクをしていたが）。悪いことをしているのかとはなはだ疑問である。

そうでなくても、最近のワイドショーネタのしょぼいことといったら。自分たちで取材するのではなく、「世界のナントカ」とか言って、他人さまのSNSをただ垂れ流すだけ。

それは時々面白いものもあるし、ワンコやネコの画像は心が癒される。が、地方のオートバイ盗難現場の映像まで、公器を使ってやらなくてはならないことなのだろうか。

この頃私が次第に不快になっているのは、賽銭泥棒の映像をしつこく流すこと。

「賽銭泥棒」。おそらく犯罪でいえば、最下級に属するはずである。

ちなみに仲よしの友人の中に、ギャンブルにはまり、百六億円をカジノで使ってしまった人がいる。オーナー企業の会長であったが会社から訴えられ実刑に服した。

彼が言うには、

「ギャンブルでつかまった者は、自分より使った者に対して、尊敬がものすごい。〇〇〇の△△△なんて――」

これもギャンブルがらみで逮捕された有名人である。

「僕に会う時なんか、ペコペコしてすごいですよー」

とおかしそうに笑った。

こういう人たちから見れば、賽銭泥棒などというのは、犯罪者というよりも、憐れむべき人たちであろう。

もちろんしていることは悪い。

しかし賽銭泥棒という言葉には、大きな侮蔑と、かすかな憐憫がありはしないであろうか。昔からいじましいことの例えとして、使われてきた。住職さんがとっつかまえて説教したり、あるいは駐在さんに引き渡してきた。それを今はテレビが裁く。

それと同じように、夜中に人の家の花をひっこ抜いて盗む人、無人販売所の安いお菓子を持っていく人。

みんないじましい罪人たちである。政治の貧しさから、こういう罪に走っているのだ。だがどんなに小さくても罪は罪というのか。

わかります、わかりますが、毎日ワイドショーの映像で流すことなのかと私は思う。防犯カメラのあの粗い映像は、私にとって現代の怪談である。

天才とは

「このイケメンは、いったい誰だっけ？」

「この綺麗な女の子は、いったい……」

思い出そうとしても、どうしても名前が出てこない。しかもマスクをしているので、目元しかわからないのだ。

コロナで二年間中止していた、3・11塾の夏の交流イベントを行なうことになった。スケジュールはこうだ。一日めは、三枝成彰さんが主催する「はじめてのクラシック」を皆で聴く。その後は近くのレストランでパーティー。

そして二日めは、劇団四季のミュージカル「バケモノの子」を観た後、ランチを食べて解散。

かなり盛りだくさんのスケジュールである。東北から十数人の子どもたちがやってきた。といってもやはりコロナの感染者が急増しているため、以前より数がずっと少ない。半分が東京や近県の大学に通っている大学生だ。

この子たちがちょっと見ない間に、すっかり大人になり背も伸びた。だからわからなくなってしまったのである。

親の代わりになれなくても、東京のおじさん、おばさんになりたい、という思いで十一年前に始めた3・11塾。東日本大震災で親御さんを亡くした塾生が二百五十人いる。単に援助するだけでなく、こまめに会っていろいろ相談にのるのが特徴だ。学習支援などの他に、交流イベントをとても喜んでくれる。夏のそれは「はじめてのクラシック」に合わせて行なわれるのであるが、最初の頃は大変だった。

まだみんな幼なくて、

「どうしてこんなの聴くの?」

という態度がありありだったのだ。

私たちの席は、ステージに向かって左端、最前列から三列を占めていた。ステージから見てかなり目立たない場所だ。しかし二時間座ってオーケストラを聴くというのは、小学校低学年にとっては難行に違いない。おまけに朝早く、宮城や岩手からやってくるのだ。いくらもしないうちに、みんなぐっすり眠り始めた。そこの一角だけ、二十人ぐらいの子どもがみんなすやすや。

しかしそれも今はいい思い出だ。十一年たちみんな大学生や高校生になっている。そして、

「学校で吹奏楽をやっている」

なんて子もいて、みんな熱心に演奏を聴くようになったのだ。

音楽ってすごいものだと思う。最初はわからなくても、毎年サントリーホールでクラシック音楽を聴いていると、ちゃんと受け入れる姿勢が出来てくるのである。

ところでこの「はじめてのクラシック」は、始まってもう十六年になるという。中学生、高校生に、本物の音楽を、という趣旨のもと、スポンサーの方々によって、なんと千円で聴けるのだ（保護者以外の大人は三千円）。

指揮は世界のコバケンこと、小林研一郎さん、オーケストラは東京フィルハーモニー交響楽団である。

そしてヴァイオリンはＨＩＭＡＲＩちゃん。ＨＩＭＡＲＩちゃんは、なんとまだ小学校五年生である。

三枝成彰さんに言わせると、

「天才なんてもんじゃない。異星人」

ということだ。

とても可愛らしい女の子で、白いワンピース姿でメンデルスゾーンを弾く。大人のサイズではないヴァイオリンで、素晴らしい音色を披露した。

日本の小学五年生であるが、今年の八月からアメリカフィラデルフィアのカーティス音楽院へ通うそうだ。

「ここは今、世界一の音楽大学です」

と三枝さんはすごく興奮してマイクを握る。ここが三枝さんのいいところなのであるが、ひとつのことに夢中になる度合が、常人をはるかに超えている。自分が感動したものを、人に伝えなければと、頭がいっぱいになる。今はＨＩＭＡＲＩちゃんだ。

だからついステージでの解説が長くなる。

「もう音楽は、ウィーンやベルリンじゃないんです。アメリカなんですよ。芸術は金のあるところで育つんです。これは仕方ないんです。今はアメリカです」

ときっぱり。

「このカーティスは、入るのが超むずかしい。ここはすべて奨学金で学費は支給されるんですからね。ＨＩＭＡＲＩちゃんは、十一歳で大学生に混じって学ぶんですよ。本当にすごいんですよ」

確かにそれはすごいことだ。

ＨＩＭＡＲＩちゃんは、超絶技巧の短かいアンコールを一曲弾いてくれた、軽々と。

そして休憩があり、第二部はブラームスの交響曲第一番ハ短調。四つの楽章からなりなんと五十分かかる。正直、途中でうとうと。すると楽章が変わり、美しいメロディでもう一度覚醒する。これが気持ちいい。

最近忙しさのあまり、ささくれ立っていた心がなめらかにやわらかくなっていくのがわかる。バルコンの制服姿の女子高校生が、いったん首を折っていたが、またしっかりと姿勢を直したのがわかる。よかった。

そしてコンサートが終わると、皆で近くのピザレストランへ。ここで塾生と再会したのであるが、名札がなかったらまるでわからなかっただろう。みんなでわいわいがやがやブッフェパーティー。お酒を飲める子も増えた。残念ながらコロナで「バケモノの子」は上演中止。みんなでお台場のチームラボボーダレスに行くことに。

最後まで三枝さんはＨＩＭＡＲＩちゃんのことが頭を離れない。スピーチに熱が入る。

「彼女はこれから音楽の常識を壊していく。音楽も何もかも、すべて、今までのものを壊さなきゃいけないんだ。君たちはそういう生き方をしてほしいんだ」

今回のブラームスと共に、何年か後にじわじわとしみてくるはず、きっと。そして、三枝さんも私にとって天才そのもの。

あの思い出

毎日、政治家と統一教会とのつながりが、マスコミをにぎわせている。

多くの人たちが、

「まだあんなところとつき合っていたのか」

と驚き呆れた。

なぜなら私たちの年齢だと、桜田淳子さんと山﨑浩子さんの合同結婚式をはっきり記憶しているからだ。

それは一九九二年のこと、何万人もの男女がいっせいに「マンセイ」と叫ぶ異様な姿は今も目に焼きついている。

その後、山﨑浩子さんが旦那さんと別れようと奔走し、大変な騒ぎとなった。そして私たちの誰もが、

「統一教会って、ものすごくヘンなとんでもないところ」

という共通認識を持っていると思っていたが違っていたらしい。

今回のことで幹部の男性二人が記者会見をしていたが、どちらもきちんとスーツを着たふつうの紳士で、これもまた怖かったなぁ。

あれほど批判を浴びる宗教の日本トップの人が、ふつうの人と全く変わりない。そう、うまく紛れ込んでいるのである。

あれはもう二十三年前のことになる。なぜはっきりと憶えているかと言うと、ちょうど引越をした年だったからだ。

当時私はお手伝いさんにとても困っていた。お願いしている派遣所からくる人が、みんなとても変わっていたからである。中には料理がまるっきり出来ない人もいた。

そういう私がもともと家事、特に掃除、片づけは大の苦手である。私は若い頃から、

「稼ぎの半分遣ってでも、無理なことはアウトソーシングしたい」

という考えの持ち主であった。というわけで、贅沢ではあるが、いつも誰かにお願いしていたのである。

そんなある日、友人のところに遊びに行ったら、お手伝いさんがお茶を出してくれた。上品でとても感じがいい。

「彼女はよく気がきいて、とてもお料理がうまいの」

友人も満足そう。

「ぜひ、派遣所を教えて」

と尋ねたところ、○○派遣所と教えてくれた。

ちょうどお願いしていたお手伝いさんの契約が切れるところだったので、○○派遣所に電話をかけて一人来てもらった。

やってきたのは五十代の品のいい女性である。とてもよく働いてくれるし、お料理もお掃除も完璧。私は大満足して、紹介してくれた友人に感謝した。

そして二週間後、お礼も兼ねて遊びに行ったら、いつものお手伝いさんの姿が見えないではないか。

「どうしたの」

と尋ねたところ、

「あの人、統一教会だったの。母に聖書を勧めたりするから、すぐにやめてもらったの」

まだ合同結婚式の記憶が強く残っていた頃である。私が驚きおののき狼狽《ろうばい》したのは言うまでもない。

「うちもさっそくやめてもらおう」

と思ったものの、彼女はとてもよくやってくれている。性格も穏やか。勧誘もしない。

「宗教うんぬんでクビにするのはよくないのではないだろうか」

と悩んでいるうちに、ぐずぐずと日にちがたっていた。

ある日、彼女が言った。

「明日から五日間、お休みいただけませんか」

「いいですけど……」

「代わりの者をちゃんと寄こします」

「どこか旅行するんですか」

「結婚式に出るんです」

嬉しそうに頬を染めた。

「ご存知でしょうが、私、信仰している宗教がありまして、合同結婚式をやります」

「えー‼　あの」

もう本当にびっくりした。ワイドショーで毎日のように見ていたあの結婚式に行く人がいるのだ。ここから先は作家として好奇心のカタマリになる。

「相手はどんな方なの」

「同じぐらいの年齢の自衛官と聞いています」

本当に嬉しそう。

「えー、だけど初めて会う人とよく結婚出来ますね」

「私たちは同じ宗教で結ばれていますので、何も心配していません」

そして彼女は旅立っていった。すぐに彼女の代わりの女性が来たが、こちらは若くてキレイな女性。今風の格好をしていて、てきぱきと家事をしてくれる。

「ハヤシさん、ここのうち、引越したばかりで片づいてませんね。もう一人うちから出しましょうか」

気づくと前の人も帰ってきて、なんとうちは統一教会の女性三人がいることになった。一時的ではあるが。

そのうち出入りする編集者が、

「ハヤシさん、週刊誌に出たりしたら大変ですよ」

と言い出し、私もお引き取りを願った。帰る時に彼女たちの一人が聖書をくれようとした。

「ハヤシさんなら、いつかわかってくれると思います」

「いりません、いりません」

あわてて断わった。

私が記事を愛読するオバ記者こと野原広子さんが、桜田淳子さんについて書いている。プロダクションがあるビルの中の、喫茶店で働く野原さんと桜田さんとは、いつしか淡い友情を結ぶようになる。が、ある時から、桜田さんは、野原さんを見下し、辛く当たる。煙草を野原さんが吸っていたことが許せなかったのだ。

「統一教会の人は、透明で世間知らずということが共通している」

と彼女は書いている。

私は篠田節子さんの名作『仮想儀礼』という小説を思い出さずにはいられない。金儲けを企んで、インチキ教団をつくった男たちが、やがて信者たちにすべてを乗っとられるという物語である。その教えが、本物かどうかということは問題ではない。世の中にはどうしても宗教を必要とする人間がいるのである。そうした人間がいる限り、宗教をめぐる悲劇は起こる。信じる者と信じない者とを、たとえ家族でも真っぷたつに分断させるのだ。

ニチダイダイエット

今まで夏というと、仕事は極力減らし、まったりと過ごすのが常であった。

それが六十代後半になってからの、突然の勤め人生活。毎朝化粧をし、スーツかジャケットを着ていく。会議をし、決裁をする。人と会う。

こんな私に世間の人は興味シンシン。誰かに会うと必ず質問ぜめにあう。

いちばん多いのが、

「どのくらい働くの？　週に三回ぐらい行ってるの？」

というもの。

毎日行ってますよ。このあいだは昨年からの約束で、地方の文学賞の贈呈式に出席したけれど、それ以外はカレンダーどおり。

日本文藝家協会やエンジン01の会議には出るけれど、終わるとすぐに帰ってくる。

その他には、

「前理事長の残党っているのか」

「いったいどんな仕事してるの」

「日大附属病院って建て替えるの」

などと質問がたくさん。

あたりさわりのないことを言って誤魔化しているのであるが、困るのが大きな声で言われること。

たいていは個室をとってくれるのであるが、カウンターで聞かれるとまわりの人たちが耳をそばだてるのがわかる。

昨夜は隅のテーブルで会食をしていた。まわりには人がいる。私はこういう時、どうか固有名詞を出さないでと祈るような気持ちになる。だから、

「うちは」

とか、

「前任の方は」

と小声で気を遣っているのであるが、若く元気な女性編集者が、

「うちのお母さんが、ハヤシマリコさんが、ニチダイのリジチョーになって本当によかったって言ってましたー」

とかなり大きな声で言いはなった。

まわりの空気がさっと変わったのがわかる。帰ろうとする客が、私の顔をじっと見ていくのだ。

これからは、ビビッドな話題、固有名詞、本当にやめてくださいね。

そしてもうひとつの悩みは、私の肥満問題である。

先月、引き継ぎのために何人かの重要ポストに就いていた方々とお会いした。数ヶ月、暫定的に就任し、後始末に尽力されていたのである。

みなさんニコニコ、顔が晴れ晴れとしている。

「いやー、これで終わりだと思うと肩の荷がおりました」

そして、あまりの苦労に、

「三キロ痩せた」

「もうズボンがゆるゆる」

口々におっしゃるのだ。

同情するというよりも、お、これは「ニチダイダイエット」ではと期待したのであるが、私には全く通用しなかった。私の場合、ストレスは過食となったようなのである。

「お祝い会」や「励ます会」はしょっちゅう。最後にケーキが出ることも。プレートには、

「祝・理事長就任」

なんてあるので、これを有難くパクリ。

ケーキを食べる。シャンパンもワインも飲む。この時だけが幸せ。

先日は友人が盛大な会を開いてくれた。出席者は四十人。みんな仲よくしている人たちばかり。

私の隣りの席が空いている。

「いったい誰が来るの？」

と聞いたら、

「お楽しみに」

とニヤニヤしている。

やがて私が昔から大ファンの、スーパースターが花束を持って登場。

「これから頑張ってくださいね」

という言葉に、思わず涙ぐむ私であった。

ふだんはこういう会には絶対に来ない夫も出席した。

「励ましてもらう前に、やることがあるだろーが。そんな場合じゃないだろー」

などとふだんは冷ややかであるが、この日ばかりは、

「本当によかったね。こんなにたくさんの人たちに励ましてもらったからには、頑張らなきゃね」

と、しみじみ。

そして帰り道にこんなことを口にした。

「サンケイスポーツに、ボクのことが書いてあったのを知ってる?」

私は朝日を愛読しているが、右寄りの夫は産経新聞とサンスポの電子版を読んでいるのである。

「君の就任が内定した時、記者の人がコラムを書いてたんだ。ハヤシマリコさんの最近のエッセイを読むとご主人は大変な亭主関白らしい。だけどこんな重職に就くからには、どうか大目に見てほしいって書いてあったんだ……」

そうか、最初の頃、

「車で送っていこうか」

などと、ややややさしい姿勢を示したのはこのためだったのか。

私は目頭が熱くなってきた。

お会いしたことはありませんが、サンスポの記者の方、ありがとうございました。温かいお言葉、身に沁みました。

ここまではいい話なのであるが、次の日、夫のあまりの行動に、私はキレた。それ以来口をきいていない。

外でストレス、うちでストレス。

これではたまりませんよ。

そう、そう、よくされる質問にこんなものが。

「楽しいことって何かあるの」

やはり学生と会うのは本当に楽しい。先週はオープンキャンパスに行き半日見学した。理工学部は航空宇宙工学科もあり、わが国最大の規模と広さを誇る。展示の説明をしてくれる女子学生に、ふと尋ねてみた。

「皆さん、私が誰か知ってますか」

「知りません……」

受験生につき添うお母さんにしては、年くってるし、ヘンに馴れ馴れしいオバさんだと思ったらしい。知名度はまだ低く残念である。

昨日は学部祭に使うVTRを撮りに、藝術学部の学生たちが理事長室にやってきた。インタビュアー役の女子学生が、お土産をくれた。

私の大好きな護国寺の群林堂の豆大福が五個。ありがとうねー。人のやさしさはこの甘さ。こうして一ヶ月で二キロ増えた私である。

朝っぱらから

つい先日、親しい友人夫妻と食事をしていたら、話題が突然朝ドラのこととなった。

「BSで昔の『芋たこなんきん』を見てほっこりして、その後『ちむどんどん』を見て、イライラしてカッとなって、ツイッターの『ちむどんどん反省会』を見て心を静める」

のが日課だそうだ。

傍にいた夫人は、

「毎朝怒るくらいなら、見なきゃいいのに」

と笑っていた。

ご主人の方は、私よりも二つ年上。夫妻で東大を出ていて、どちらも現役のバリバリだ。その二人の心をこれほど揺さぶる朝ドラというのはただごとではない。

このあいだは元国会議員も、NHKは猛省する必要がある、などと公言して、もはや「ちむどんどん」がまきちらすイライラは、国民的レベルとなっているようだ。

脚本家の方は、私の大学の後輩なので応援しているのであるが、もう庇いきれない。私は毎朝のように、

「これはきっと伏線で、あっと驚くような展開が待っているのだろう」

と期待していたのであるが、そうでないことがわかり一回は脱落した。そして半月おいて見たら、もっとすごいことになっていた。

私は長年朝ドラを見続けてきたが、こんなのは初めて。わざと視聴者をイラつかせようとしているとしか思えない。もちろんドラマであるから、あり得ないこと、つじつまが合わないことはいくらでも起こる。

私はかねがね、朝ドラの中では、どうしてヒロインも敵役も、同じ店ばかりに行くのだと不思議で仕方なかった。まるで東京にバーや居酒屋は一軒しかないようである。関係者に聞いたら、単に予算の問題だという。そうなのか。

それはいいとして、先日は本当にびっくりした。ヒロイン暢子の新婚の夫、和彦が「ねずみ講」の詐欺団と乱闘をした、という記事が週刊誌に出た。それで新聞社を辞めなくてはならなくなるのであるが、

「いったい、誰がいつ、あの写真を撮ったのか」

「新聞記者が現場にいたとしても、取材ということで何も不思議はない。殴ったとしてもあき

らかに正当防衛」

「警察に追われる犯人たちが、いったいどうやって、週刊誌に記事を売り込めるのか」

と、納得出来ないことばかり。

暢子は相変わらず可愛気がなく、見ているおばさんたちの心は離れるばかり。

私は店を始める時から「あれっ」と思った。あまりにも広すぎる。あれでは料理を運ぶ人が二人は必要ではないか。とりあえず一人で沖縄料理店を始めるのなら、カウンターにテーブルがひとつぐらいにするべきだ。

しかも彼女が妊娠したとあって呆れるばかり。おめでたいことであるが、私はあえて言いたい。

「大志を抱くなら少し考えるべき」

私のまわりの女性たちも、たいていバースコントロールしている。結婚しても、

「あと三、四年は子づくりはしない」

「仕事が落ち着いたら」

と人生計画を立てている。それがうまくいかないことが多く、いざ子どもを持とうとしても、年齢的に難しくなったりするのであるがそれは別の話。

お腹が大きくなってから、立ちっぱなしは本当につらいし危険だ。あの大きな店を、いったいどうやって切りまわすつもりなのだろう。

だからオーナーの言う、

「いったんはオープンを諦めて、今まで勤めていた私の経営するこの店で事務をしながら出産を迎えなさい」

というのは全く正論だ。日本中の出産経験のある女性はみんな頷いたと思うが、暢子は耳を貸さない。いつもの、

「でも、うちはやりたいんです」

の一点ばり。

脚本家は、県人会会長で暢子を応援している三郎さんたちを巻き込んでの「沖縄風みんなで子育て」を考えているに違いない。それが新しい時代のやり方だと示したいのだ。

が、時は既に遅し。暢子はこんなにみんなに嫌われてしまっている。朝ドラ史上、これほど共感されないヒロインはいないかもしれない。

演じた女優さんは可哀想だ。なぜなら俳優さんは脚本家が書いたとおりの言葉を口にするのが仕事だからである。

しかし私はこの若い女優さんに言いたい。決して嘆くことはないと。

大昔、「君の名は」という朝ドラがあった。もちろんあの名作ラジオドラマの映像化だった。これもかなり評判が悪くて、視聴率もがたっと落ちたと記憶している。

が、ヒロインの鈴木京香さんは、今は日本を代表する大女優。今もあちこちにひっぱりだこ

だ。

今にあの女優さんも、いい役を得て羽ばたく時があるだろう。だから今度のことも、「ドラマの役を一生懸命演じているだけだ」

と考えることにしよう。

ヒロインをつくり上げるというのは本当にむずかしい。私がこれほどネチネチ言うのも、作家は魅力ある女性像をつくり上げるために、日夜苦心しているからである。

先日も、ある文学賞の選考会で、

「この恋人の女性が、どうしても好きになれない」

という声があがり、あれこれ議論となった。

作家の口にする「好きになれない」というのは、何も感じない、惹かれるところが何もない、ということだ。共感されなくてもいい、悪女でもいい、ただたまらなく心を動かされる、という女性像を私たちは描こうと、あれこれ心を砕いているのである。

と書いて、やはり「ちむどんどん」の作者はただものではないかもしれないと考える。

日本中をこれほどざわつかせ、そして朝っぱらからみんなをツイッターに向かわせる。私もこれで三回もネタにしてしまったし。

国葬のゆくえ

忙しさのあまり、大好きな買物にもなかなか行けない。

今日は閉店時間少し前に、やっと行きつけの某ファッションブランドショップに入ることが出来た。

驚いた。ブラウスやスカートの値段がものすごく上がっているのだ。思えば円安になってから、こういう輸入ブランドの店に来るのは久しぶりかもしれない。私の感覚だと、二割ぐらい高くなっているような感じだ。

「これなら台湾に行っても、何も買えないな」

秋にいつもの女友だち三人で出かけることになっている。一人はファッション雑誌の編集長を長く務めた〝おしゃれ番長〟だから、一緒に行く買物の楽しいことといったらない。

「これは日本に入ってこないから買い！」

「ふーむ、似合うか似合わないかは微妙」

と判定も下してくれる。

以前はマカオと香港へ、バーゲン時を狙って毎年買物ツアーに出かけたものだ。しかし三年ぶりの海外旅行であるが、円がこれほど弱くなっては何ら得することもないだろう。

「昔を思い出すなぁ……」

傍にいた若い友人に語りかける。

「私はバブル前夜から外国へ行ってたけど、どこへ行っても日本人はチヤホヤ。団体でやってきては買いまくるから、そりゃあ歓迎されたわよねー」

パリのエルメス本店には、日本人の店員さんが、四、五人いた。個人的にも仲よくなり、ご飯を食べたりした。バーキンのオーダーもちゃんと引受けてくれて、今思うと夢のよう……。最後に行ったのは四年前であるが、日本人の店員さんは一人だけで、あとアジア系はすべて中国人の店員さんに代わっていたっけ。

日本が右肩上がりの頃の思い出。あれは本当のことだったんだろうか。

私は独身で、お金を自由に使えるのをいいことに、しょっちゅうヨーロッパに行っては散財していた。生意気に有名レストランにも出入りしていたと記憶している。

あれは「燦鳥」でのことであった。サントリーが経営していた、今は無き、パリの高級フレンチだ。そこで現地の知り合いと夕食をとっていたら、隣りに森英恵さんがご主人といらしていた。あたりをはらうような気品に溢れて、とても恥ずかしくなった。いくらアホな私とて、自分がどういうことをしているかわかった。三十やそこらの小娘が、お金を得たからといって、あきらかに分不相応なことをしているのである。

やっぱり世界のハナエ・モリと、隣りの席はまずいでしょう。私は会釈するしかなかったが、とてもエレガントに微笑んでくださった。

それから数年後、私は森さんにウェディングドレスをつくっていただくことになる。その後も、ウィーンのオペラ座の舞踏会に出席するために、エメラルドグリーンのイブニング、そしてベルサイユ宮殿の夕食会に招かれた際に、真赤なイブニングドレス……。

こう書いていても、とても現実のこととは思えない。

日本がバブル期に入っていた頃は、いろんなところから招待されていたのである。

識者は言う。

「今、欧米人が日本を旅行するのって、物価の安いタイを旅するのと同じ感覚」

そうか、今、日本はそんなことになっていたのか。

そして森さんも亡くなられてしまった。美しく凛としていて、本当に素敵な方であった。仮縫に何度かうかがったハナエ・モリビルも憶えている。表参道のランドマーク、あれが無くなるなんて、いったい誰が想像しただろうか。

今円安で、どんどんビンボーになっていく日本。私たちの経済力はタイと同じだと。タイの人には失礼かもしれないが、かなり衝撃だ。

そんな中、安倍さんの国葬に、反対の声があがり、日ましに強くなっていく。これは岸田さんにとっては、予想外のことであったに違いない。

なぜなら、安倍さんの突然の非業の死が、日本人の心を大きく揺さぶったのは事実だったからである。

永田町をタクシーで通ったら、自由民主党本部の前に長い長い行列が出来ていた。献花をするためのものである。どこまでもどこまでも続く。

「すごいですねー」

運転手さんも驚きの声をあげた。

死者は賛えるだけにする、というのは日本社会のルールである。イジワルな「週刊文春」さえも、安倍さんを悼む特集を載せた。

ところがその後、自民党と旧統一教会との関係が毎日毎日マスコミを賑わすようになった。野党の政治家も含めて、統一教会べったりのからくりが陽の下にさらされる。そうして起こっていく「国葬反対」のシュプレヒコール。

岸田さんは驚いたに違いない。あんなに長く献花台に並んでいた人たちはどこに行ったんだろう。彼らは急に反対派になったわけではない。ただめんどうくさいから、今は口をつぐんでいるだけだ。

岸田さんはもう引っ込みがつかない。世界中から要人が、参列するという。それなのに、反対する人が多いから、日本は今とても財政的に苦しいからと、取りやめにするんだろうか。それはかなり難しいはず。国として招待した人たちに対し、

「今、いろいろ苦しいからゴメン」

と約束を反故にすることは、国際社会においてあり得るのか。

もう後にはひけない。国葬はしなくてはならないだろうなあ。その代わり責任をとってもらう。立派に国葬をとり行ない、ＶＩＰを送り出した後、自分の判断の甘さを反省してもらいたい。

この図式、オリンピックの時とそっくり同じではないか。

マスクって……

マスクをするようになり、もう三年近くになる。もはや顔の一部となっているのは事実だ。

ズボラな私は最初の頃、

「これで化粧をしなくてもいいかも」

と、ちょっと嬉しかった。

眉をちょこちょこっと描いただけで、平気で電車にも乗った。真夏でもスッピンで出歩く。

マスクをしているから紫外線から守られていると思っていた。

ところが気づくと、大きなシミがいくつか。

「ヒエーッ！」

必死でパックに励み、高い美容液を叩き込んだ。

今は勤めていることもあり、毎朝きちんとお化粧をする。そしてメイクの仕上げのようにマスクをかける。

ここでまた問題が。いい加減な性格の私は、飲んだり食べたりするたびにマスクが裏返ることが多い。

「口紅がついてるよ」

注意されることもしょっちゅう。

私が選ぶのは大判マスク。顔が大きいこともあるが、あの覆われる感じが好きなのだ。

マスクをしてコンサートやお芝居に行く。面白いものならいいけれど、つまらない時は次第に眠くなる。目を閉じると自分の体温がマスクのあたりにたまっていき、ふんわりとした眠気を誘う。

マスクをしていると、居眠りしていても気づかれない（と思う）。やさしく顔が包まれていき、そして外部と遮断されていく……。顔に毛布をかけられているような感じだろうか。

生きていれば、いろいろイヤなことが起こる。表参道で転んだり、電車のドアを目の前で閉められたりもする。しかしマスクをしていればへいちゃら。私はいつでも匿名になれるのである。

最近、不祥事で謝まる人のマスクが気になって仕方ない。あきらかに「隠れミノ」に使っている人たちがいる。

認定こども園の送迎バスの中に、三歳の女の子が置き去りにされ亡くなった。水筒が空になっていたと聞いて、世の親はみんな泣いた。

しかしバスを運転していた七十三歳の当時の理事長はどこか他人ごと。年のせいにしたりする。そして女性の副園長もみんな、顔を隠すような大きなマスクをしている。

これはないだろう。謝罪するのなら正々堂々顔をさらすべきだ。アクリル板をおけば済むことではないか。

そういえば最近、犯罪者の顔をちゃんと見ていない。連行される時も、みんな大きなマスクをしているからだ。

だからオリンピックのスポンサーのお金うんぬんで、逮捕された高橋治之容疑者の面構えが、やたら印象に残る。この人はちょっとした有名人だったので、映像や写真がたくさんあるからだ。

いかにもやり手の不敵な面構えである。いろんなことを強引にしていそう。昔の言葉でいえば「ちょいワルオヤジ」か。

銀座の知り合いが教えてくれたところによると、ものすごくモテたそうである。ふうーむ、わからぬでもない。

人の顔をちゃんと見るというのは、かなりの情報を得るということだとつくづく思う。

マスクをしていると、若い女性がみんな同じに見えるのは私だけであろうか。特にこの頃の若いコは、みんなメイクがうまいから、目にはっきりとラインを入れ、マスカラを重ねる。すると見分けがつかなくなるのである。

そういう中にあって、やはり芸能人は違う。マスクをして帽子をかぶっていても、すぐにわかるのである。目だけでもふつうの人とはまるで違う。目の個性がまずこちらを射て、そして頭の中でジグソーパズルがぴたりとはまるのである。

「俳優の○○○○さんだ！」

よく見れば、スタイルも着ているものも違う。芸能人のオーラが漂ってくる。

私がつらいのは、あきらかに女優さんかタレントさんだと思うのに、それが誰かわからないことである。

友人とお芝居を見に行った。関係者から友人が買ってくれた席は、真中の通路のすぐ後ろ。招待された人も多いところ。

そのお芝居は、今が旬の人気者が出ていて満席であった。芸能人はいつも開幕ギリギリにやってくる。そして高い確率で男性も女性も帽子をかぶっている。そして開幕直前までそれをとらない。

その女性もそのセオリーにぴったりだ。暗くなる直前にしゃれたストローハットをとった。ちらちらと横顔を見る私。

マスクをしていても美人は美人。高い鼻と形のよい顎が布ごしにわかる。

「ねえ、ねえ、あなたの隣りに座っている人って誰かしら」

休憩時間に友人に聞いたところ、

「さあ、わからない。だけど見てみる」

彼女は一生懸命調べてくれたのであるが、

「ふつうの人じゃないかしら」

ということ。シロウトさんが帽子かぶって来てほしくないと私は思う。

私は芝居もそっちのけで、いったい誰だろうかと推理していたのに。

今日も家に帰ると、私はまずマスクをはずす。手を洗う。あの時の解放感といったらない。

帰宅後パンストを脱ぎ捨てる時と全く同じだ。

そして考える。近い将来、マスクをはずす日のことを。きっとこわごわといった感じなんだろう。

この三年間、シミもシワも増えた。法令線もくっきり。こんなものを堂々と陽にさらして、私は生きていくことになる。そんな日が一日も早く来てほしいと思うものの、ちょっとたじろぐ私もいる。

マスクって、いったい人の心に何をもたらしたんだろう……。

トリックスター

以前、週刊文春の編集長だった、花田紀凱《かずよし》氏が作った「月刊Ｈａｎａｄａ」は、世の中の右っぽい空気に支持されて、とても好調のようである。

時々読ませていただいているが、中途半端な私はよく「あれ」とか「そうかなあ」と思うことがある。

友人は言った。

「『Ｈａｎａｄａ』や『ＷｉＬＬ』を読んだ後は、『週刊金曜日』とかを読んで中和するといいよ」

逆もまた真なり。

「朝日新聞読んでたら、たまには産経をとると面白いよー」

それはともかく「Ｈａｎａｄａ」は、豪華な執筆陣が目につく。佐藤優さん、爆笑問題が連載しているからすごい。

中でも私が好きなのは、「村西とおる　有名人の人生相談『人間だもの』」。架空のお悩み相談のようで、十月号はなんとガーシーである。

ご存知ない方に説明すると、芸能人のご乱行をＹｏｕＴｕｂｅで暴露して、すごい話題になった人。チャンネル登録者数は百二十万人、総再生回数は二百万回を超えるというからすごい。まあ、本人には大層なお金がころがりこんできたらしい。それで満足すればいいのに、ＮＨＫ党から今度の参院選に立候補して、なんと当選してしまったのである。

しかしガーシーは一度も国会に来ていない。詐欺罪に問われる可能性があって、ドバイに逃亡中だからだ。まるで悪い冗談のようであるが本当の話である。

いかにも本当に、ガーシーが持ちそうな悩みは、

「監督、俺は悪党です。正義の味方やない。でも、悪党やからこそできる『世直し』があると思ってます。いまは日本には帰りません。正直、帰るんが怖い……。監督は前科七犯やから慣れっこでしょうが、私は警察と仲良くしたい！　何か良い方法はありませんか？」

これに村西とおる監督はこう諭す。

「結論から申し上げれば、警察と仲良くして罪を免れる方法はございません」

とし、

「あなたさまと同じような海外逃亡生活の男がいました」

が、望郷の思いを抱いたまま自死したと告げる。

「苛酷な自由社会に生きる一般人にとって、そうしたスキャンダルは格好の娯楽、エネルギーとなり得ても、知り得た秘密を洩らしゼニの種にするようなエゲツない人間をいつまでもモテ囃すほど、社会は甘くはありません」

さすが〝全裸監督〟、世の中のことをわかっているなあ、と私はつくづく感服してしまった。

同じように、私はひろゆきとかいう人について言いたい。

「2ちゃんねるという、世の中の暗黒の仕組みをつくり、裁判の賠償金抱えて海外に逃れた人をどうして祭り上げるのか」

女子プロレスラーの木村花さんが、自分に対する中傷を気にするあまり、自ら命を絶った。それ以来、あまりにも悪質なネット上の中傷を厳罰化する改正刑法が成立した。

木村さんの死を悼む一方で、ひろゆきとかいう人物をコメンテーターとして使う。そのテレビ局の神経が私にはまるでわからない。

そしてガーシーと同じように、トリックスターという言葉を思いうかべるのである。

トリックスターをググってみると、

「詐欺師。ぺてん師」

「神話や民間伝承に現れるいたずら者」

「秩序の破壊者でありながら一方で創造者であり、善と悪など矛盾した性格の持ち主」

とある。

が、私はどれも違うと思う。昔から、トリックスターと呼ばれる人たちを見てきた。それはズバリ、

「悪名は無名に勝る」

ということである。

嘘つきでワルだということはわかっている。しかし不思議な魅力があり、その言い分を人々はいったんは聞いてしまう。信じるフリをしてしまう。

私が憶えているのは、やはり三浦和義という人物であった。週刊文春の古い読者なら憶えているだろう。あの「疑惑の銃弾」の主人公である。

希代のペテン師であり、殺人の容疑者でもあった彼は、とにかく弁が立つ。そして見かけもよかった。彼の「言い分」をとるために、テレビ局や雑誌社は大金を払い続けた。どこかがスポンサーになり、彼は新しい奥さんとバリ島で結婚式を挙げたりしたっけ。

とにかくあの頃、日本中が彼に夢中になり、

「もっと、もっと」

と情報を欲しがったのだ。

そういえば、筒見待子という人もいたはず。愛人バンク「夕ぐれ族」というのをつくり、当時大変な人気者となった。今でいう出会い系サイトを、アイドル顔負けの可愛い〝女子大生〟

がつくったというので、どのマスコミもちやほやした。お嬢さま学校に通っていてお父さんはエリート、などと書き立てたが、それは嘘だと皆が知っていた。どうせすぐにバレるだろうから、それまで騙されたフリをしていようというのが、マスコミの一致した考えであったように思う。

「笑っていいとも！」や深夜番組にも出演して、タレント並みの人気であったが、売春防止法で摘発され、経歴の嘘、単に男の人に雇われていただけ、というのが明るみに出た。今、彼女の名前を憶えている人は少ないだろう。

この欄の担当編集者は四十三歳。

「サッチーや細木数子、宜保《ぎぼ》愛子、織田無道、子どものころに見ていたギリギリの人たちが浮かびます。テレビに怪しい人を出すなではなく、見ている方が判断しろ、という時代だったんですね。それが今はＹｏｕＴｕｂｅというわけです」

確かにそのとおり。今はみんな判断出来ず、無責任に面白がるだけ。

戴冠式で

エリザベス女王の国葬は、荘厳《そうごん》で素晴らしかった。テレビの前に釘づけになっていた人たちも多いに違いない。私もそう。ずっと見ていたら、棺を守る近衛兵が、独得の歩き方をしていることに気づいた。リズムをとりながら肩を揺らしている。伝統なのであろう。ちょっと可愛らしい。

棺を砲車へ移す兵士の顔が大映しになる。まだ幼いおもかげを残す青年もいるし、アジア系の青年もいる。多様性にとんでいる。

私はふと、最近のニュースに出ていた、ロシア兵の顔を思い出した。統率がとれていることといったらない。号令でビシッと横を向くが、その角度も全く同じ。そして顔も背の高さもそっくりだ。規格品のようでぞっとしてしまった。感情がないように見える。プーチンはこういう兵士を、次から次へと送ってこようとしているのか。

気が滅入るばかりだから、チャンネルを変えて、エリザベス女王関連の番組の続きを見ましょう。

女王を慕い涙するイギリス国民。棺に数秒間のお祈りを捧げるために、あのベッカムも十三時間並んだという。心温まるいい話ばかり。

わが天皇、皇后両陛下のお姿も見える。雅子さまはすっかりお元気になられ、ご公務をこなしていらっしゃる。よかった、よかった。ところで日本人として気になるのは、儀式の時の席順だ。イギリス王室とは、親交も深かったし、ぜひ前の方に座っていただきたい。

私は一九五三年の女王の戴冠式のことを考えた。当時のフィルムを見ると、皇太子時代の上皇陛下のお姿が映っている。アフリカの国王たちと一緒だ。当時は第二次世界大戦からそう時はたっていない。イギリスは戦勝国である。ものの本によると、敗けた日本の席順はあまりよくなかった。

今回はどうなんだろう。前から六列めか。うーん、もうちょっと前でもいいかも。ヨルダンの国王が前に座っている。

もしかしたら、日本がおちぶれたってこと⁉　などと心配していたら、今朝、テレビの解説委員が語っていた。

「国際儀礼にしたがって、こういう時は在位の長い順になります」

ということだ。心配が晴れた。

ところで、エリザベス女王の戴冠式について、私には特別の思い入れがある。たぶん日本全国で、これについて深い感慨を持つのは私ぐらいであろう。

私もまだ生まれていない一九五三年。日本から何人かの作家が、イギリスにいた。火野葦平、今日出海、小林秀雄といった人たちが、この戴冠式を取材するためだ。おりしも国際ペンクラブ大会が、ダブリンで開かれてその出席のためもある。

この中に真杉静枝という女性作家がいた。作品よりも、その男性遍歴の方が有名な作家。長いこと武者小路実篤の愛人で、その後は中山義秀の正式な妻となった。が、戦後別れている。とにかく作家たちが訪英団を組んで、イギリスに渡ったのであるが、この真杉静枝という人の態度が悪かったらしい。

朝の遅刻は毎日のこと。ぞろりとした長襦袢《ながじゅばん》で食堂に現れるので、男性たちはぞっとした。きわめつきは、彼女のせいで列車に乗り遅れた時のこと。彼女は平然とこう言いはなったという。

「私たちはペンクラブのメンバーとして、戴冠式の取材に来ているんだから、次の駅で列車を停めて待っていてもらいましょうよ」

真杉静枝というマイナーな作家のこんなことが、どうしていちいち残っているかというと、帰国してすぐ火野葦平がことの次第を短篇小説にして発表したからである。

確かにだらしなくて、非常識な女性だったらしい。しかもヒロポンの中毒だったという説もある。まあ、興味深い女性だ。

私がこの真杉静枝の伝記を書いたのは、もう二十数年前のことになるだろうか。

ある日、新潮社の親しい編集者から、興奮して電話がかかってきた。

「うちの天皇から連絡があって、林真理子に真杉静枝を書かせろって」

天皇というのは、かの伝説の編集者斎藤十一氏である。最近は『鬼才』というこの方の伝記が話題となった。鎌倉にお住まいで、そこから命を下すのだ。

「いやあ、ハヤシさん、うちの天皇から名ざしでくるなんてすごいことだよ！」

私はその時、まだ斎藤氏におめにかかったこともなく、その女性作家と私は、なにか共通点があるのかしらと、ちょっと釈然としなかった。それでも私はちゃんと彼女の伝記小説を書き終え、パーティーで会った斎藤氏にちょっと誉められた……。

まあ、エリザベス女王のご葬儀でこんな思い出がいっきに押し寄せてきた。イギリスに最後に行ったコロナの少し前、その時知り合った日本人女性が、イギリス人の上流社会の方と結婚していて、

「ハヤシさん、アスコット競馬場、今度ぜひ行きましょう」

と誘われている。行きたいな。エリザベス女王のような素敵な帽子かぶって。

さて、いよいよわが国の国葬が行なわれようとしている。

先日表参道を歩いていたら、「国葬反対」をシュプレヒコールするデモの列が続いていた。

「非業の死を遂げた元総理を悼もう」

　という思いがどうしてこんなに複雑になっているんだろう。世論を二分して、右も左も大変なことになっている。国葬で心が一つになったイギリス。日本は真っ二つ。これでまた国運が下がるはず。間違いない。

菅さんの弔辞

私が毎日通う、日本大学本部は市ヶ谷の駅前にある。

ここが九月二十七日、大変なことになった。上空にはヘリコプターがぶんぶん飛びかい、靖国通りの一部は車輛通行禁止となった。

しかし大丈夫。武道館までは地下鉄でひと駅なのである。

国葬の招待状には、「十二時四十五分受付締切り」と書かれてあった。午前中重要な会議があり、抜けることは出来ない。なんとか十二時十五分に終わり、急いで駅に向かう。

「もし行列が長くて、締切りに間に合わなかったら戻ってくるから」

と秘書に告げた。

九段下駅を出ると、そう混雑していないし、喪服の人なんか誰もいないではないか。道を通って受付に行く人はたった三人。すんなりと中に入れた。

友人が席をとっておいてくれて隣りに座る。彼女は混むのが嫌で、十一時には武道館に到着していたそうだ。

「だけど私の時も誰も並んでいなかったよ」

とはいうものの、武道館の二階、私たちのいる三階は既にびっしり人が座っている。

「エラい人たちがこれから来るんだね」

国葬に行くと言ったら、多くの人たちに言われた。

「水無しで五時間も待つんでしょう」

「トイレ大丈夫?」

実は私も心配で、ハンドバッグの中に文庫本を入れておいたのだ。しかしそんな心配はいらなかった。入り口のところで、小さなペットボトルを一本くれたうえに、葬儀開始の二時まではわりと自由であった。トイレに行ったり、テラスから自衛隊の人たちを見物したりしたのである。

みんな祭壇をパチパチ撮っていた。日本の山をイメージしたという、白と緑のそれは、簡素でとても美しかった。

葬儀もシンプルでおごそかで、よく考えられていた。最初にちらっと笑いと拍手が漏れたのは、安倍さんの映像が流れた時だ。

たどたどしく「花は咲く」をピアノで弾いている。それをバックに、ありし日の姿が流れるのだが、最後に安倍さんは不安そうに尋ねる。

「もう一回いきます?」

その真面目さに、小さな笑いが起こったのだ。

岸田総理の弔辞は、特段どうということもなかったが、驚いたのは菅さんだ。

既に大きな話題になっているから、知っている人も多いと思うが、心にしみ入る素晴らしい弔辞だったのである。友人代表だから、形式ばらなくてもいい、というのもあったかもしれない。哀しみに溢れ、安倍さんへの友情がひしひしと伝わってくる。そして文学的香気もあった。

聞いている私も、次第にこみあげてくるものがあった。それは私だけではなかったらしい。終ったとたん、はからずも場内から拍手が起こったのである。

「菅さんって、あんなにお話がうまい人だったんだね」

あとで友人に言った。

「総理在任中の、あのヘタなスピーチは何だったんだろう……」

私はあの場にいたから断言するが、静まりかえった武道館が、一瞬深い感動につつまれたのは確かであった。参列者はすべて安倍さんの死の悲しみを共有したのである。

それなのに、

「あの弔辞は、電通が入っている」

とか何とか言ったワイドショーのコメンテーターがいたらしい。後で撤回したそうだが、なんて下品な邪推だろうか。国葬のすべてが気にくわず、菅さんが賞賛を受けたことに、なにかひと言いいたいのだ。

私は物書きとして言いたい。他人の書いたものを読んだら、人はあんな風にはならない。自分の書いた文章だからこそ、感情があれほど籠もっていたのだ。スピーチライターはいたかもしれないが、おおむね菅さんがお書きになったものだろう。

コメンテーターは、菅さんによってつくられた感動を許せなかったに違いない。献花に並ぶ人たちに対しても、何にもわかっていないなーという思いだろう。

私は朝、秘書にこう言った。

「たぶん、ものすごい献花の行列になると思うよ。びっくりするぐらい並ぶと思う。マスコミがあれだけ書いても、安倍さんを悼みたいと考える人は、いっぱいいるはずだから」

そしてその行列は、私の想像以上であった。国葬反対派の人たちに、マイクで説く人もいる。

「火事と葬式は別だろう」

私も同じ意見である。

「どうして今日ぐらい、静かに送ってあげられないんだろう」

功罪相半《こうざいあいなか》ばする総理だったとか書く人がいるが、総理大臣などというのはそうしたものであろう。〝百パーセント功〟だった総理大臣がいるなら教えてほしい。しかも安倍さんは凶弾に倒れたのだ。殺されたのだ。それを思えば、花のひとつも手向けようと思うのがふつうではなかろうか。

が、こうした人たちの声は小さく、「国葬なんかに大金遣って」の声の方が、今は勢力を増している。

たぶん岸田さんは、これから国会でさんざん追及されるだろう。辞任もあるかも。

私は次の総理に、菅さんが浮上するような気がする。二度めの総理になることを安倍さんに決心させたのは自分だと、弔辞でおっしゃっている。だったら二度めが恥ずかしくないことをご存知のはず。

菅さん、今なら国民の人気は高い。私も応援します。

円安ですが

用事が出来、連休を利用してオーストラリアへ行ってきた。

このところ海外に出かける人が周りにぐっと増え、いかに円安がひどいかをさんざん聞かされる。

「ハワイでラーメンが三千円した」

「しょぼいブレックファーストが、六千円だった」

しかしそれもみんな自慢話に聞こえるのは、私が三年以上海外とは無縁だったからだろう。北海道がいちばん遠い旅先だった。

今回久しぶりの海外旅行とあり、何日も前からそわそわ。今まではパッキングするのは出発の前夜だったのであるが、三日前からスーツケースを出すほどだ。しかしロックを解除する番号をすっかり忘れているではないか。

夫に尋ね、

「どうして確かめてから、スーツケースを閉めないんだ」

といつもどおりネチネチ。

が、それだけではない。着替えの服や、持っていく化粧品の按配もわからなくなっている。以前だったら、

「現地で何か買えばいい」

とそれも楽しみだったのであるが、今度の旅は自由時間が全くといっていいほどないし、円安ゆえに買物はまず諦めた。

そして当日、羽田空港のカウンター前で待ち合わせ。みんなとにっこり。国際線に乗るだけで、嬉しく楽しい。わくわく。

「免税品ぐらい買っちゃおうかな」

イミグレーションを出てすぐ左の、CHANELのお店は、毎回必ず寄ったところ。

「都内のショップでは手に入らない、人気の小物がいっぱい」

と、おしゃれ番長の友人に教えられたからだ。しかしなんと臨時休業していた。その他にもシャッターをおろしている高級ブランドショップがいくつか。寂しい……。買物旅行の前哨戦という感じだったのであるが。

こうしている間にも、搭乗時間が近づいてくる。シドニー行き直行便は少々空席がある、と

いう感じか。私の近くには、白人のグループが座っていた。

ＪＡＬのビジネスクラスは、仕切りを使うと個室になる。ボタンを押せば完璧にフラットシート。こんな快適な空間が、マイレージで確保出来るなんてすみませんねえ。コロナの間に、マイレージは驚くほどたまっていて、今度の旅で活用させてもらったのである。

機内食を食べ、ワインを飲みながら本を読む。なんという至福の時。こんな時間をずっと長いこと忘れていた。なにしろ食事の時、テーブルの出し方が全くわからなかったぐらいだ。

こんな優雅な時間をすごしながら、最後にみみっちいことをした。飲みかけの水のペットボトルをしっかりバッグの中に入れたのである。

同行者は、ＣＡさんに、

「ペットボトル三本ください」

と図々しいことを言い、一本だけもらったそうだ。

しかしこれは正解だった。オーストラリアで水のペットボトルは四ドル、一本四百円ということになる。九十円で買える日本からみると、信じられない値段だ。

私はもともと、日本において水のペットボトルの無駄遣いを憂えていた。会議や打ち合わせのたびに、ペットボトルが出る。洋服のお店に買物に行っても、待っている間出してくれる。多い時は一日に五本ぐらいもらう。そのたびに飲みさしを残すのが嫌で、「ひとり持ち帰り運動」をやっているほど。であるからして、オーストラリア滞在中は、よそで出してくれたペットボトルの飲みかけを、大切に持ち帰りホテルでちびちびと飲んだ。

オーストラリアは、冬から春になるところ。空気が乾燥している。水は欠かせない。おまけにとても歩く旅だ。一日一万歩は軽く歩く。

町を歩く人は誰もマスクをしていない。最初はおっかなびっくりだった私も、次第にはずすようになった。が、空港ではたくさんの人が行きかう中、

「さすがにまずいでしょう」

という気になってくる。よく見るとアジア人はマスクをしていた。やはり厳しい地域からくると、解放感よりも不安の方が大きいのだろう。

さて、早めに海外旅行をした人たちは、必ずといっていいぐらいこう言う。

「コロナの間に、日本の国力が落ちているのがよーくわかるよ」

しかしオーストラリアではそういうことを全く感じなかった。

ペットボトルの水の値段の高さには目をむいたが、不思議なことに食事代はそれほどでもない。高級なところに行かなかったせいもあるが、日本とそう変わらない値段に感じる。しかもチップの習慣がないのである。

そのうえ日本ブームは健在なのだ。地方の空港にもＳＵＳＨＩコーナーがあった。握り寿司と巻き寿司を買い、フードコーナーで食べたが結構いける。

最後の日は、シドニーの紀伊國屋書店にお邪魔した。なんと約八百坪の広さで、オーストラ

リア出版業界のアワードで最優秀書店賞も受賞したという。日本語学習コーナーが広い。

「ビジネスで中国語を習う人は多いですが、第二外国語をとるとしたら、だんぜん日本語が人気です」

と日本人の店長が教えてくださった。アニメコーナーには、英語版「鬼滅の刃」がずらり。二百ドルの全巻ボックスが、飛ぶように売れているそうだ。

紀伊國屋さんの前は、なんとラーメン屋。みんなで醤油ラーメンを食べ、ギョーザを頬ばる。おいしい。店は満席で、隣りのテーブルの白人女性は、慣れた感じで丼ものを食べていた。日本だってまだ捨てたもんじゃない、と、私はついペットボトルよりずっと高いミネラルウォーターを頼んだのである。

あるゲーム

人生の3分の2はいやらしい、じゃなかった、便秘のことを考えてきた……といっても過言ではない。

お食事前だったりしたら失礼かと思うのであるが、年をとるにつれ、そのことの比重はますます大きくなるばかり。

佐藤愛子先生が以前お書きになっていたエッセイによると、父上、佐藤紅緑氏は晩年近くなると、

「出た」

「出なかった」

ということが、まず一番の重大事になったということである。

最近老人介護の現場の本を読んでいたら、ある施設では、年とった人たちの排泄をてっとり

早くするため、強力な下剤を飲ませ、お腹の上にのっかる。人為的に一回で済ませるそうだ。

劣悪な一部の話だと思うが、自分の将来のことを考えてぞっとした。本当にこんなことをされたらどうしようか。

私は若い時からずっと便秘症でそれが悩みの種であった。私が見たところ、世の中の女性の七割ぐらいはそうだ。年をとるにつれて、この比重はもっと高くなるような気がする。

ゆえにいろいろなものを試してきた。中国茶、漢方エトセトラ。センナ茶は効くことは効いたが、食事のたびごとにお腹がゴロゴロするのには閉口した。

そう、これについて深く記憶に残っていることがある。

四十年ほど前のことになるだろうか。世の中にＩＴというものが出現する前、はるかに牧歌的だった時代のこと。現代では信じがたいことに、作家が何度も長者番付のベストテンに入っていたのである。ベストテンですよ。言わずとしれた赤川次郎先生だ。

そして一九九七年分、一位に輝いたのは、銀座一丁目にある自然化粧品の会社の創業者である。この会社は、私がよく行くマガジンハウスの近くにあり、わざわざ見に行ったほどだ。

どうして一位になったかというと、「スリムドカン」というサプリメントで大あたりしたからである。

「スリムドカン」……。懐かしいなあ、と思う方も多いだろう。みんな飲んでいた。しかしこれは下痢を起こして痩せる、という類の漢方だったのではないだろうか。

私の友人もこれを愛用していたが、講演会の最中、お腹が猛烈に痛くなり、

「失礼」

と言って、トイレに駆け込んだのは一度や二度ではないという。そのわりには痩せなかったような……。

とにかく世の中には、いかにダイエットしたい人が多いか、かつ便秘に悩んでいる人が多いかの証であろう。

これまた私が思うに、スリムな人はたいていお通じがいい。私の個人トレーナーは、

「生まれてこのかた、便秘になったことがない」

という驚きの言葉を口にした。

「ハヤシさんも、もっと運動すれば便秘はなくなりますよ」

確かにそうかもしれない。彼女は時間さえあれば、トレーニングしたり泳いだりしている。

先日オーストラリアに行ったことはお話ししたと思うが、とにかく歩く旅であった。毎日スマホの万歩計で一万歩を越していた。そうしたら便秘とは縁遠い日々。こんなにスッキリといいものかと思ったほどだ。

しかし三日めに、お腹が痛くなってきた。実はオーストラリアはあまり食べものがおいしくない。そのかわり、付け合わせのフライドポテトがたまらなく美味で、それを大量に摂取していた。

次の都市に着き、飛行場からホテルに向かう途中、トイレ、トイレとそのことばかり考えていた。

しかしどなたにも経験があると思うが、外出先で大きいのをするのは本当に嫌なものである。しかも外国で、他の人がいる前でトイレにこもりたくない。

ホテルにチェックインする。しかしまだ午前十時過ぎ。とりあえず荷物を置くしかないだろう。

そしてここがオーストラリアのいいところであるが、部屋が空いていればうるさいことは言わない。その前のホテルは、朝の八時半に到着したのに、追加料金などとらず、どうぞ、どうぞ、という感じだった。

すぐに部屋に入り、トイレに直行。ほーっとため息をつく。そして自分が本当にラッキーだと思う。

便秘の人は、自分なりのゲームのやり方を持っている。それは自分の陣地で間に合うかどうかというもの。

何年か前、海外に行くことになった。五日ぐらいの便秘でお腹が張って仕方ない。こういう時、十時間のフライトがどれほどきついか私は知っている。気圧で本当に苦しくなるのだ。私は行く前に計算して、下剤を飲んでいた。が、出発前にどうしても成功しない。

その日は珍しく夫が成田まで送ってくれた。途中で友人をピックアップすることに。お腹が動き始めた。こうなったら、彼女のマンションのロビイにあるトイレを借りよう。が、そんなものはなかった。部屋にあがるのもナンなので成田に向け出発。もうかなりさし迫ってきた。が、空港でするのはイヤ。しかし私はステキなところを見つけた。保安検査場の階段の裏に、ひっそりとしたトイレがあったのである。その時の幸福感といったら。後で夫に言ったら呆れられた。

「よくそんなコワいことが出来るなー」

そして昨日も、軽くクスリを飲んだ。しかしなかなか……。迎えの車の十分前に成功。間に合った。ゲームは私が勝った。この喜びと達成感は、便秘の者にしかわからない。

時間内に自分の陣地でことを終える。

私は秘かに「ウ◯チゲーム」と呼んでいる。

素敵な断捨離

前にも書いたと思うが、旧統一教会の幹部の人たちというのは、ふつうできちんとしていて、かえって不気味である。

改革推進本部長をおつとめになっている、勅使河原《てしがわら》秀行さんなど、どう見ても銀行のエリート。それもそのはず、元は京大出の証券マンだった。

私たちの年代だと、某有名人女性と合同結婚式を挙げ、その後てんやわんやになった〝テッシー〟として知られる。

あれから三十年たっているのか。外見がちゃんとハイレベルを保っている。知的で教養ありそうな中年紳士だ。ふつうの人生を歩んでいれば、さぞかし出世もしただろうし……などと言うのはさぞかし「大きなお世話」に違いない。

宗教を信じている人は、本当に信じているのだから、人生を賭けても守り抜こうとするもの。

ある種、狂おしい恋愛に似たもの。それが宗教だ。

統一教会への解散命令をめぐって、国会が揺れている。岸田さんが優柔不断だと野党は怒っている。

しかし、統一教会は、犯罪を犯したオウム真理教とはあきらかに違うと思う。

父親のギャンブルで一家離散したり、子どもがつらいめにあったという話はごまんと聞く。

しかしギャンブルを失くすことは出来ない。アルコールもしかり。

宗教で幸福になっている人は、本当にいるのだから始末が悪い。

「アンタ、それは間違ってるよ」

と、今、日本中が声をあげているが、コアの統一教会信者の人たちは聞かないだろう。とはいうものの、ギャンブルもアルコールも、そのまわりの被害者、本人に対しても、何らかの救済システムは出来上がりつつある。宗教とて「本人の勝手」などと言えない日が近づきつつある。

さあ、テッシーどうするんだ。

教会は知名度のある彼を前面に出してきた。いわば広告塔。中年以上の女性には、

「奥さんに逃げられた可哀想な人」

という同情票もちょっぴりあるかも。

改革推進本部長ならぜひ内部から改革をやってほしいものだ。

さて、私はギャンブルもやらず、お酒も適量を守って飲む。時間がくるとさっと帰るので、この点に関しては評判が悪い。

自分でも自制心がある方だと思うのであるが、ある時期あきらかにタガがはずれてしまったことがある。

いわゆる〝おべべ狂い〟だ。ハマってしまい、稼ぎのほとんどを着物に注ぎ込んだことは何度か書いてきた。

バブルの頃とはいえ、税理士さんから、

「こんな使い方をするんなら、やめさせてもらいますよ」

とまできつく言われたこともある。

かなり数は減ったとはいうものの、最近まで結構誂《あつら》えていた。が、ある日ふと考えた。

「断捨離しなくては」

着物好きにとって、着物の整理はかなりつらく大変なことだ。

まずもらってくれる人がいない。

業者なんかに、二束三文で売りたくない。

そして、買った時の値段がちらついてくる。着物ぐらい価値が下がるものがあるだろうか。

洋服はビンテージとかいって、高値がつくことがある。が、着物は人間国宝のものだって、屈辱的な値段で取り引きされるのだ。

であるからして、私は着物を着る若い人に少しずつあげることにした。

世の中には「貰い上手」という人種がいるが、着物の場合数が少ない分、かなり際立つ。

親戚の女性は、子どもの入学式や卒業式に、必ずあげた訪問着を着てくれるうえに、その写真を送ってくれるのだ。

「他のママたちにも誉められたよ。すごくいい着物だって」

このあいだは訪問着に添えて、色留も贈った。色留はとても気に入っていたのであるが、年齢に合わなくなってきてしまったので、この際エイ、ヤと手放した。

宮古上布をあげたのは、お世話になった担当編集者。西郷隆盛の伝記を書くために、何度も鹿児島や奄美大島へ行った。その時に彼女は、すっかり大島紬に魅せられてしまったようなのである。

ボーナスをはたいて、大島紬を買った彼女に、

「まだしつけ糸をつけたままの、宮古上布あるから着なよ」

と言ったら大喜び。

宮古上布は、名前どおり宮古島特産の麻の着物。今やとても貴重なものになりつつある。その上布を受けとって彼女がしたことは、沖縄へ飛ぶことであった。わざわざヘアメイクまでつけて、記念写真を撮るためである。

まだ火事になってなかった、首里城の門の前での写真をひき伸ばして送ってくれた。

「沖縄で頼んだ着つけの人も、宮古上布を着せるのは初めてと言ってくれました」

ここまでされると、もっとあげようと思う。

そして今日、いろんな人からメールが届いた。

「三浦瑠麗さんが、ハヤシさんの着物を着てるよ」

インスタグラムに出ていたという。

それは二ヶ月前のこと、着物の雑誌で対談した。最近着物がとてもお好きだとか。

「だったら、私のオーキッドの着物、もらってくれない？」

知り合いの加賀友禅作家が、伝統工芸展に出品するためにつくったもの。そのため、ふつうは白地になるおはしょりの分まで、オーキッドがびっしり描かれている。才色兼備の誉れ高い彼女にぴったり。

予想どおりそれを着た三浦さんの美しいことといったらない。

「パーティーで皆に誉められました」

と私にも写真を送ってくれた。

本当に似合う。着物も私に着られるより百倍嬉しそう。過去の〝おべべ狂い〟に、こんな幸福もついてくるとは。こんな素敵な断捨離はちょっとないだろうなあ。

心配ごと

夫が時々、心配そうに言う。

「余計なことかもしれないけど、セトさん、大丈夫？　やめるんじゃない」

セトというのは、昨年の四月から働いてもらっている私の秘書。その前は、大手航空会社でCAをしていた。

「ハタケヤマさんも綺麗だったけど、今度の秘書さんも美人」

と、編集者の間で評判である。

美人なだけではなく、てきぱきと仕事をこなし、パソコン関係にも強い。以前だと、ハタケヤマが、

「私、そういうの出来ません。無理です」

とはっきり拒否していたものも、難なくやってくれる。おかげでリモート会議もスムーズだ。

英語が出来るのももちろんであるが、音楽関係にも強いことが最近わかった。頼まれてある学校の校歌をつくったのであるが、メロディ先行でことが運んだ。一応歌詞をあてはめてみるのであるが、何度やっても楽譜と合わないのである。

「えーっと、どうしてここで字が余るんだろう。おかしいなぁ……」

ひとりで考えていたら、彼女が来て一緒に歌ってくれた。そうしたら歌詞と楽譜がぴたっと合うではないか。

「子どもの頃から、ピアノ習っていましたから」

これほど有能な秘書であるが、このところ顔を合わすことがない。私が毎日日大に通勤するからだ。

やりとりは主にメール。たまにやりくりして、彼女が早く来てくれたり、私が六時前に帰ってきたりするが、話す時間は十五分くらい。ものすごい早口で、業務連絡をするだけ。

「あれじゃあ、若いコはイヤになっちゃうよ。毎日たった一人で事務所にいて、会うのはお手伝いさんだけ。セトさんやめちゃうんじゃないか」

そう言われると、私も不安になってくる。

「仕事大丈夫？　毎日つまんないんじゃないの」

彼女は笑って答える。

「やることいっぱいありますから。結構忙しいです」

というものの、二十五歳の若い女性が毎日ひとりぼっちというのも、確かにつまらないだろう。私が事務所にいれば、編集者の人も来るし、二人であれこれ喋ることもある。

そんなわけで私が考えたのは、

「秘書同行作戦」

今まで講演や取材、テレビ局、どこに行くのも、必ず一人であった。するとたいてい驚かれる。

「えー、一人でいらしたんですか」

芸能人と違って、作家はたいてい一人で行動する。芸能プロダクションに所属している人は別として。

私がいかにも、誰かを連れてきそうに思われているのも癪にさわり、ずっと意地を張ってきた。が、秘書に長くいてもらうためには、仕事場に同行した方がいいかもしれない。

講演の主催者の負担にならないよう、こちらで交通費を出せばすむことではないか。

まずはオーストラリア出張から。

「通訳として秘書を連れていきます。飛行機代もホテル代も、こちら負担にいたしますから」

まあ、そのラクチンなこと。通訳以外にも、レストラン予約、ホテルの交渉もすべてやってくれる。

何よりも彼女が、本当に楽しそう。キャッキャッ笑ってるのを初めて見た。

思えばトシをとって、国内の講演会もかなり大変になってきた。先日は、地方の町で講演会があった。その駅までの乗り換えが大変。本当に不安だった。帰りは大きな花束と、お土産をどっさりいただき、ひとりよろよろと列車に乗る。

「そうだ、今度はセトさんに来てもらおう」

あることを思い出した。北海道で講演があった時、羽田空港にエージェントの男性と、若い女性が一人。

「ハヤシさんに誰かつけてくれなくては困る、と主催者の人が言うので、僕の妻を連れてきました」

だったら私にひと言いってくれれば、ハタケヤマを連れてきたのに、とむっとした。私もまだ若く、かなりナメられていたのである。何のことはない。このエージェントの男性は、奥さんの飛行機代をもってもらい、仕事を終えたら二人で北海道旅行をするつもりだったのだ。

その奥さんは私と二人きりになるとおどおどとして、

「私、北海道来るの初めてなんです」

とのたまうではないか。仕方なく私は、

「待ってる時間、少し海の方でも行きますか」

と誘ったら、「ハイ」と嬉しそう。私はお鮨までご馳走してあげた。

そうだ。あんな人たちもいたんだから、私が堂々と秘書を連れていくのは構わないはず。

「来週の土曜日、九州で講演会あるから、一緒に来てくれない」

「えー、いいんですか」

とセトの顔が輝く。私も俄然《がぜん》楽しくなってきた。

毎日ウィークデイは頑張って働いている。週末の講演会は、秘書付きでラクにやりましょう。そうでないと、本当に疲れてどうにかなりそう。疲れるといえば、神さまは、どうして私にいろいろと試練をお与えになるのか……。

大学の仕事もようやく慣れてきた十月のはじめ、うちの隣りの一軒家が壊され更地になった。立てられた看板を見てびっくり。そこで建てられるのは、ワンルームマンションすれすれの建物。狭い敷地に四階建てが建つ。あまりのことに近所の人が夜な夜な集まり相談をする。今日は、区の集会所で説明会があった。うちの夫の怒声がとぶ。オクタニさんの大きな声も。私も言いたかったが、立場上我慢した。全く、どうしてこんなことばかり起きるのか。外も内もストレスだらけ。

大丈夫かと、心配してほしいのは私の方だ。

天才たち

二年続けて、コロナのために延期になっていた「エンジン01　ｉｎ　岐阜」が開かれることになった。

岐阜は今、木村拓哉さんの話題でいっぱい。「信長まつり」のパレードに出るということで、本物のキムタクをひと目見たいと、イベントに申し込みが殺到したそうだ。

私たちだって負けてはいない。いろいろな分野の第一人者百五十人が、岐阜に集結したのである。全員ノーギャラですよ。

目玉は、今回初登壇の、羽生善治さんであろう。落合陽一さん、茂木健一郎さん、日比野克彦さんと、

「天才とは何か」

ということでシンポジウムをしてくださることになっている。

朝、岐阜羽島で新幹線を降り、会場へ向かうバスの中で、秋元康さんとあれこれ話す。

「天才というのはね」

秋元さんはきっぱりと言った。

「空気を読めない人だよね」

私から見れば、秋元さんこそ大天才だと思うのであるが、この方は社会性と客観性があり、しかも人にものすごく気を使う希有な天才である。

「和田秀樹とかさ、まるっきり空気読めないよね。ああいう頭のいい人間ってさ、自分がわかっているから話を省略する。まわりはわからない。わからないけどどんどん話を進める。だから天才なんだ。ねえ、そうだよねー」

後ろの席で、パソコンをずうっと叩いている落合陽一さんに話しかける。彼は新しい時代の天才。彼が今行なっている研究プロジェクトの話を、そこで早口であれこれ喋ってくれたがまるでわからない。

「マリコさん、時代は変わってるんだよ。マリコさんみたいに、紙に字を書く人なんて廃れてくよ。オチアイ君みたいな若い人にいろいろ教えてもらった方がいいよ」

ハイ、本当にそうですね。

この落合さん、羽生さんが登場する講座は、いちばん大きな会場だが、発売して即完売となったのである。すごい人気だ。

しかし反対にチケットの売れゆきが今ひとつの講座がある。幹事長の私のところには、五日おきぐらいに売れ行き状況が届くのであるが、六十ぐらいの席で、売れゆき状況十五パーセント、なんていうのもある。

有名人や人気者が出ないわけではない。作曲家の三枝成彰さんに、編集者の中瀬ゆかりさんが登壇する、

「知られざる川端康成の秘密」

という講座の売れゆきがかんばしくない。

あれは半年前のこと。三枝さんが興奮して私に一冊の本を渡してくれた。

「すごい本を見つけたんだ。川端康成のところに女の子が家政婦としてやってきた。川端はすごく彼女のことを気に入って、もっと長く来てくれ、って言うんだけど、彼女は簡単に拒否する。川端はそのことを悲観して翌日に自殺する……」

ちょっと違っているかもしれないが、まあこんな内容だったと思う。

「あの大作家が、小娘のNOに世をはかなんで死んでしまう」

しかも、とつけ加えた。

「この女の子は岐阜出身なんだ。だから今度の岐阜の講座でこれをやってみたい」

三枝さんがこの本にどれほど入れ込んでいるかは、取材に持ってきたことでもわかる。エンジン01のことで記事を書くため、東京に岐阜新聞の記者がやってきた。どんな風なオープンカ

レッジにしたいか、岐阜の何に期待するか、などを聞かれる。

「そうですね、岐阜はやはり歴史ですね。うちは磯田道史さんや井沢元彦さんたち、歴史研究のスターがいますからね」

あたりさわりなく答える私の傍で、三枝さんはあの本を取り出す。そして取材の趣旨とは全く違う、例の「家政婦」について熱く語り始めた。

「すごいことなんです。川端康成の死の真相がわかったんです。しかもこの女性は岐阜出身なんですよ！」

あ、そうですかと若い記者は無表情に答えた。

「このこと、確か地元の作家が書いていたような気がします」

それを言っちゃいけないよ、と私は心の中で叫んだ。人の熱狂に水を差すようなことを言うなんて。

しかし三枝さんの熱意はずっと変わらず、オープンカレッジの講座となったのだ。正直言って聞く人は少なかったけれども、とても面白かったと皆喜んでいた。

そして私はつくづく思う。

「天才というのは、思い込みの激しい人」

ふつうの人の何十倍もの強さで、ひとつのことに入れ込む。そうでなかったら、あれほどすごいオペラがいくつも書けるわけがない。

ところでわがエンジン01は、それこそ天才がごろごろしているが、アーティストの日比野克彦さんもその一人。岐阜出身の彼は、今回大会委員長をしてくれたのであるが、その挨拶の立派なこと、シンポジウムの仕切りのうまさといったらない。考えてみると、名門東京藝大の学長なのである。

サブカルチャーの寵児で、「段ボール小僧」の頃から知っている私としては感無量である。しかも今回、昔に戻って素敵なものをつくってくれた。段ボールの小さなハウスで、窓も開いている。ペンキで描かれた〝01〟という模様も可愛い。これは浅葉克己さんのデザインでポスターやフラッグにも使われ、大会のシンボルマークにもなった。大会が終わると壊すというので私は頼んだ。

「うちにもらえない？」

これは日大藝術学部に置かれることになった。後輩たちに天才の遊び心を感じてほしいものである。

そして何人もの天才にもまれた私は、かなり疲れて帰ってきたのである。天才は人からパワーを奪う。

花鳥風月

四百四十二年ぶりという皆既月食プラス惑星食。

せっかちな私は、ずうっと見ていることが出来ず、テレビで、

「天王星が隠れました」

などという報が流れるたびに庭に出るぐらい。それでもスマホで、半分赤色になった、とてもいい月の写真が撮れた。嬉しくなって皆に送る。

するとインテリの友人から、こんな歌がおくられてきた。

「忌むと言ひて　影にあたらぬ　今宵しも　われて月見る　名や立ちぬらん」

西行の作だそうだ。四百四十二年前よりずっと前の月食を詠んだものらしい。

「月食は古人にとっては怪奇現象。不吉なものだったはずです。しかし興味深いことには違いなく、元は荒くれ武者であっただろう西行の好奇心を感じます」

「名や立ちぬらん、というのは？」

「不吉な月食を喜ぶ、変わり者、変人だと思われるだろう、でも構わない、というニュアンスだと思います」

そしてこの方はこう締めくくった。

「ハヤシさんも忙しいだろうけど、たまには花鳥風月を楽しんでください」

そりゃ私とて、日帰りでもいい、紅葉を楽しんだりしたいと思うのであるが、とてもそんな時間はない……。

そうそう、その前の日、十三代目團十郎襲名披露を歌舞伎座に見に行った。雅びというならあれも一種の花鳥風月ではあるまいか。

初日とあって、歌舞伎座はセレブがいっぱい。小泉純一郎さんのお姿も見えた。有名料亭の女将さんも。女性の多くは着物であるが、洗練された素敵な方ばかり。京都の芸妓さんたちも何人かいらしていて、その美しいことといったらない。

こんなに華やいだ歌舞伎座を見るのは久しぶりだ。コロナ禍が始まってから、寂しい光景も何度か見た。

夜の部の「口上」が始まる。おそらくコロナを考慮してのことであろうが、幹部の方々が五人だけ。ずらーっと左右に並んだ口上を見てきた身としては、これもちょっと寂しい。もっと新團十郎さんをイジると思ったがそうでもなかった。

そういえば、以前、現團十郎さんが、新之助さんから海老蔵さんに変わる襲名披露にも行ったなあ。海老蔵さんの出身の学校が借り切った日であった。私も関係していたので、ちょっとだけ舞台で挨拶をした。

「実は私と新海老蔵さん、同じところで踊りを習ってたんですよ」

と言ったら観客はびっくりしていたっけ。

読者の方は一時期、私が熱心に日本舞踊を習っていたことを憶えておられるだろうか。そこのお師匠さんのところに、当時高校生だった現團十郎さんが、女舞だけを習いに来ていたのだ。

やんちゃ盛りで、

「はい、もうわかった、もういいよ」

などと稽古を遮り、お師匠さんに怒られていたっけ。

着替えて帰ろうとする彼に、

「この後、どこ行くの？」

と聞いたところ、

「菊之助と中目黒で待ち合わせている」

というので、ふざけ半分に、

「オバさんも一緒に行っていい？」

と尋ねたところ「イヤ！」とはっきり断られた。

それでもご飯を一緒に食べたこともある。もう憶えていないだろうけど。あの頃、もっと手なずけておけばよかったが、こんなスーパースターになるとは当時思ってなかったからなあ。助六を演じる新團十郎さんは、もう美しいとか、カッコいいの次元を越え、神々しいほどのオーラに包まれている。

傘をさし、タタタと花道を歩いてきて、パッと開いて見得をきる。劇場内の人々はいっせいに感嘆のため息を漏らした。

あれも確かに花鳥風月。

そう言えば、その次の日、私は自然にかなり触れたかもしれない。

藤沢にある日大の生物資源科学部に視察に行ったのだ。ここは東京ドーム十二個分の広さを誇るキャンパスである。獣医学科の他に、海洋生物資源科学科や森林資源科学科などもあるため、牧場や畑が広がっている。温室にはお花がいっぱい。

車で畑に向かった。田舎育ちの私は、こういうところに行くとつい走ってしまう。本当に楽しくてたまらない。ニンジンや大根、トウガラシが植えられている。なんていいところでしょう。

「今日の夕飯に、ニンジンもらってもいいですか」

「どうぞ、どうぞ」

一本ひっこ抜いた、葉っぱのにおいがむんむんするニンジン。お土産にこれまた葉っぱつきの大根と菜っぱをいただいた。

それを持って職場に帰る。エレベーターの中、大根を持つ私にみんな目がパチクリだ。うーむ、大根はやはり花鳥風月ではないかもしれない。

今日は久しぶりに表参道に行った。某ブランドショップに、冬のコートを取りに行くためである。今年の春、破れが見つかったため修理に出していたのだ。

八ヶ月知らん顔していたのは、なんというズボラさであろうか。担当の店員さんが職場を変わることになり、

「その前に取りに来てください」

と言われてしまった。が、学校に行く前のわずかな時間で、ついでに買物、ということも出来ない。

袋に入れてもらう時間も惜しくて、

「そのまま着ていきます」

ひったくるようにして羽織った。そのとたん私に冬がやってきたような。やさしい暖かさにつつまれたのである。

色が濃くなったケヤキの並木の下、車までせかせか大股で歩く。

冷たい空気。ちらほらと落葉。これも自然。これも私の花鳥風月。

ドラマ大好き

「今の大学生って、テレビを持っていませんよ」

これは学生にかかわるようになって聞いた、衝撃のひと言。

「じゃあ、何を見るんですか?」

「スマホでYouTubeか、TikTokでしょう」

テレビ局に勤める友人も、はっきりと言った。

「今の若い人は、テレビドラマなんてまず見ることはないよね。ドラマ見るのは、もうジジババと決まっている」

そういう話を聞くと寂しい。なぜなら私はテレビが大好きで、特にドラマを愛しているからである。

うちに帰ってくると、そのままボーッとソファに身を沈める。本を読もうとしても、まだそのパワーがわいてこない。

しばらくはテレビを眺める。そう面白くないバラエティも、しばらく放心したように見る。そうすると、すぐに二、三時間たってしまうが体が動かない。

ちょっと元気な時は、録りだめしておいたドラマを見る。これは私の至福の時。好きなドラマが、ちゃーんと録画されている喜び。ここまでくるのに、どれほど長い年月がかかったことであろう。

初期の頃のビデオデッキは、いろいろむずかしくてお手上げであった。平成になってから操作はかなりシンプルになったが私には無理。だから見たい番組があると、夫に頼んでいたのであるが、ものすごく嫌な顔をされ、たいてい怒鳴られる。

「人が出かける間際に言うんじゃない！」

ちょっと親切にやってくれてもいいと思うのであるが、

「だいたい機械に関して、全く憶えようという気がない。いつも人にやらせようと思っている」

その態度が許せないのだそう。だから私は多くの番組を見逃してきた。電話で親しい友人に頼んだことも何度かあるが、たいていみんな夜、外にいる。私と同じだ。

「そんなこと、今さら言われても」

と呆れられたことが何度か。

しかし人生、誰かがちゃんと救いの船を出してくれる。某週刊誌で対談のホステスをしているが、相手が芸能人の方だと最新のドラマを見なくてはならない。するとブルーレイを渡される。

「ハヤシさんの前の担当編集者、A子さんはテレビ三台持ってて、ありとあらゆるドラマ録ってますよ。だから何でも言ってください」

ためしに見逃したドラマの十回分を頼んだところ、すぐにことづけてくれた。お礼を言ったら、

「私は〝ひとりTSUTAYA〟ですから」

と笑っていたっけ。

しかしもうその必要もなくなった。テレビの録画機能内蔵という技術により、初めて私は、

「見たい番組を自分で録画し、好きな時に見る」

という幸せを享受したのである。それが二年前のこと。ドラマも思う存分見られる。

今年の秋はいいドラマがいっぱい、という評判だ。すべて見たいところであるが、時間がない。一回めを見て三本にしぼらせていただいた（えらそうだな）。

「ザ・トラベルナース」「s.i.l.e.n.t」と「エルピス」が大のお気に入り。共通しているのは、脚本が素晴らしいということであろう。

こんな言葉を聞いたことがある。

「映画は監督のもの、舞台は俳優のもの、そしてドラマは脚本家のもの」

なるほどと思う。

親しい中園ミホさんなんかを見ていると、どこの局でもひっぱりだこ。「ザ・トラベルナース」の胸のすくような面白さを見ていると、なるほどなあと思う。

「エルピス」は、台詞のひとつひとつが際立っているうえに、それを口にする俳優さんが本当に素晴らしい。ものすごくクオリティが高く、毎回毎回ドキドキしながら見ている。制作がフジテレビでなく、関西テレビなのもちょっとびっくり。相当のお金と力を入れてつくっているんだろう。

雑誌の「ＰＨＰ」を読んでいたら、このドラマの女性プロデューサーが出ていた。現場でドラマをずっとつくりたいために、ＴＢＳから移籍したのだそうだ。キー局から準キー局へ移る人は珍しいという。

なんてカッコいいんだ。プロフィールを見たら「カルテット」とか「大豆田とわ子と三人の元夫」も手がけたという。私の大好きなドラマではないか！

そういえばこの頃、お会いするテレビプロデューサーは、たいてい女性である。今やテレビドラマというのは、女性が動かしているのかもしれない。だから見るのも熱が入る。

今話題の「ｓｉｌｅｎｔ」はプロデューサーが男性であるが、脚本家は女性。このドラマに、みんながハマっている。待ち合わせに現れた友人が興奮している。

「今、世田谷代田駅に降りたら、大変なことになっているよ」

〝聖地〟を訪れた若い人たちが、写真を撮りまくっているというのだ。別の友人も、

「うちの近所にカフェがあるんだけど、毎日ものすごい行列が出来てるの」

ドラマのロケに使われているそうだ。

ワイドショーでもこのことを報じていた（フジテレビであるが）。ツイッターのトレンドで世界一を獲得し、見逃し配信の再生回数は、六話までの合計で三千四百万回だと。

しかしこのドラマは、全体の視聴率の二十位以内にも入ってこない。こういうねじれ現象というのが、若い人のテレビ離れを表してるのかと。

それにしてもテレビドラマが社会現象になるというのは、本当に久しぶりだ。若い人が熱狂しているというのが嬉しい。完璧なラブ・ストーリーが、今の世の中でもこんなに受け入れられるんだ。このことは小説の世界にも希望を与えてくれたのではないか。

それにしても、今年は新しいことといっぱいしたのに、全く盛り上がらない読書週間でしたね。

夢について

作曲家の三枝成彰さんからファックスが届いた。

「前の週刊文春で、僕のこと書いていてとても面白かったけど、間違いが。川端康成の自殺の原因となったという若い家政婦さんは岐阜出身ではありません。初恋の人、伊藤初代が岐阜にゆかりがあるのです。僕は今、モーツァルトと妻コンスタンツェなど世界中の有名人のラブレターを合唱曲にしているので、川端と初代の書簡も、歌にするつもりです」

大変に失礼しました。

これに関しては、私の担当編集者S氏（東大大学院修了）が、例によってまた詳しい資料を送ってきていた。

「家政婦とのことを書いたのは『事故のてんまつ』という本だと思いますが、三枝さんよくこんな本を見つけましたね」

そしてこの本が出版された一九七七年の、川端康成夫人と佐藤寛子さん（佐藤栄作夫人）の、週刊誌の対談も探し出してくれた。その中で川端夫人は、

「誰でもウソだと思うことを、なんで（略）お書きにならなきゃいけなかったのか」

と、川端の家政婦への執着を否定している。が、二人の女性は夫を亡くしてそう経っていないというのに、やたら明るい。川端夫人の言葉に（笑）が多いのが、ちょっと不気味であった。川端氏は自殺しているのだ。

そして、

「この家政婦が、岐阜出身かどうかは確認出来ていません」

と、研究者らしくS氏はまとめていたのに、私が見切り発車してしまった。すみませんねえ。

さて、この三枝さんが代表をつとめる「3・11塾（3・11震災孤児遺児文化・スポーツ支援機構）」の福島遠足が、先週の週末に行なわれた。これは、

「子どもたちに東京に来てもらうだけでなく、こちらからも会いに行こう」

という三枝さんの提案によるもの。

私は用事があり、日曜のお昼だけ参加したのであるが、子どもたちに久しぶりに会えてとても嬉しかった。

このあいだまでおチビちゃんだったのに、今はイケメンの青年、美しい女性になっているのに驚く。

しかしマスクをしていることもあり、久しぶりに会うと誰が誰だかわからない。名札を見て、

「えー、もう大学生なの！」

「すごく背が高くなってー」

といちいち声をあげる私である。

ここには参加していないが、ある塾生のことを皆に話した。

この「3・11塾」というのは、東日本大震災によって親御さんを亡くした子どもたちの夢をなんとかかなえてあげたいというのが趣旨である。ひとりひとりの希望をきいて、実現出来るように応援する。

何度かお話ししたと思うが、調理師になりたいA君には、銀座の一流鮨店を紹介出来た。お医者志望の浪人生には、スポンサーをつけて医大の学費を援助した。

が、中には「女優さんになりたい」、「パイロットになりたい」という塾生もいて、ふーむとため息をつく。

こればっかりは夢で終わるかなあ……という心配をしていたのであるが、このあいだとても喜ばしいニュースが飛び込んできた。

理事のひとりから連絡があり、

「マリコさん、私が担当の○○君が、ついにパイロットになるのよ」

「えー、本当!?」

理事の彼女は、○○君のことをこまめにめんどうをみて、高校生の時にカナダに留学出来るようにとりはからってあげた。○○君は帰国後、日本の大学に入り今三年生。そして航空会社に就職が決まったというのだ。

航空会社といっても、自家用ジェットを運航するところらしい。

「パイロットになりたい」

と口にする男の子はいっぱいいるが、本当になるなんてすごいではないか。

私は朝ドラ「舞いあがれ！」を毎朝見ているが、あの主人公もパイロットになるために頑張っている。

○○君のように、子どもの頃からの夢がかなうとは、なんという幸せだろうか。

そんな人は何万人にひとりいるぐらいだ。ほとんどの人は、なりゆきであっちにいったりこっちにいったりしながら、おさまるところにおさまっていく、というのが普通だ。

が、大人になってからもかないそうな夢というのは、粘度を持ってくる。

オリンピック選手になる、プロ野球選手になる夢、というのは二十代まででであろうが、

映画監督になる

小説家になる

画家になる

などというのは年齢をとわない。みんなねちっこく挑戦する。

私と仲よしの和田秀樹さんの夢は、映画監督になることであった。そのために、

「お金を稼ごう。医者になろう」

と東大の医学部に入ったそうだ。かなりイヤらしい話だが、和田さんは大人になって有名人となり、お金持ちになってから本当に映画を何本も撮っている。最初の映画に、頼まれて私も出演している。

そう、女優になりたい、というのが私の夢であった。もちろん映画やテレビじゃありませんよ。舞台の女優さんなら、それほど美人でなくてもいいのではないかと考えたのである。

まあ、ほんの一瞬であったが、映画に出るのはとても楽しかった。が、夢がかなったかというと、私の場合、やはりまがいもの。横すべりしてかなった夢であろう。若い時の一直線の夢は、やはりキラキラしていると、○○君の笑顔を思い出す。

と原稿を締めくくり、ワールドカップのドイツ戦を見た。逆転勝利で大興奮。おそらく日本中のサッカー少年たちの夢が、黄金色の雲となって列島を覆ったに違いない。

それを想像すると、たまらなく幸福な気分になる私である。

サッカーとビジネス

この号が出る頃には、とっくに結果が出ているサッカーワールドカップ。

今回のことで、私はつくづく自分がイヤになった。サッカーにふりまわされた数日間。ドイツに勝って何日かは、そりゃあもう狂喜乱舞していた。

「これで日本も変わる。今までの暗い空気がパーッと明るくなる」

と本気で思っていた。

そしてあのだらだらした、コスタリカ戦前半にかなりイラつき、後半にがっかりした。いや、がっかりした、なんてもんじゃない。なんだか気力がなくなって、二日間ぐらい何も手につかなかったのだ。そして挙句の果てに、

「調子こいてた自分が本当に恥ずかしい」

と自責の念にかられた。

にわかファンの私でさえ、これほどサッカーにふりまわされたのである。長年見続けた方は、どれほど一喜一憂したことであろう。

こんなに心をかき乱されたことは久しぶり。

やはりワールドカップの力はすごい、とつくづく思った。

ところで先々週号の「週刊新潮」を読んでいたら、医師の里見清一さんがこんなコラムを寄せている。

里見さんが元高校球児で現在実業家の方に聞いた話として、

「成功している経営者の中にアメフト経験者やラグビー経験者は目につくものの、野球経験者はあまりいないのだそうだ」

これは確かに言えるかもしれない。私は何人かの元ラガーマンを知っているが、ロッテ社長玉塚元一さんは慶大ラグビー部。今でもめちゃくちゃカッコいい。順天堂大学の新井一学長や、小林弘幸教授なんかもいる。

こういう方々のほとんどは、高校の同級生藤原優君を通して知り合った。

びっくりしたのは、二年前に就任された集英社社長から、

「僕、藤原さんの後輩なんです」

と言われたこと。早稲田のラグビー部で三年後輩だったそうだ。

藤原君に伝えたところ、

「マジかよ。オレがさんざん世話してやったんだぜ」

とエラそうであった。

アメフト関係では、やはり医学系出版社社長の宇野文博さんが、大学時代キャプテンだったとか。元ファミリーマート社長の澤田貴司さんも経験者だそうです。

アメフトの方はよく知らないが、ラグビーの人たちの絆は本当にすごい。

これは玉塚さんから聞いた話であるが、合宿中あまりのつらさに、

「ケガをすれば練習を休める」

と、わざと車にぶつかったチームメイトがいたそうだ。

「だけどそいつは本当に頑丈だったから、凹んだのは車だったけど」

この方は現在ある業界で、ものすごく有名な方である。そしてこういう時間を共有しているからであろうか、ラグビーをやっている人たちというのは本当に仲がいい。大学は違っていても、ラグビーをやっていた、ということだけで親しくなり、大人になっても交流をしていく。

それがビジネスにも有利にはたらくのではなかろうか。

それにひきかえ、野球人口はあれほど多いにもかかわらず、経営者はあまり出てこない。これを里見氏は、

「高校野球は部活動の一つであり、その目的は第一に『教育』であるはずなのに、その成果は挙がっていないのではないか」

と問題提起する。

高校野球が「周囲の大人たち」に人気がありすぎるため、学校側も勝つことに重点を置き過ぎるのだという。

「『高校野球での成績』それ自体がゴールと化すのである」

それと同時に、私が思うに、野球の方はプロへの道があまりにも完備されていることも大きいと思う。

目立つ男の子は、リトルリーグから名門高校、大学、プロ野球への道がはっきりとシステム化されている。

しかし日本では、プロになるためにラグビーやアメフトをやる男の子は、とても少ないと思う。たいていの少年は、

「学生時代の思い出づくりと体づくり」

と割り切っているのではなかろうか。

それにラグビーは、もともと英国の上流階級の子弟を鍛えるためのスポーツである。お坊ちゃまが多いのも事実だ。経営者のジュニアもいて、それが実業界に進むことになる。

アメフトも似たようなところがあるだろう。

その点、野球はまだハングリーさを残している。甲子園で目立つ少年が出てくると、

「母子家庭で、お母さんが遠征費をつくるために、昼も夜もパートをしていたそうです」

などという美談が伝わってくる。こういう子が、ビジネスの道に進むよりも、一日も早くプロ野球に行こうと思うのはあたり前だろう。なにしろ、ラグビーやアメフトとは比べものにならないほど、日本の野球人気はすごいものがある。

ラグビーやアメフトで食べていくのは大変だけれども、プロ野球選手になって成功すればものすごい収入が得られるのだ。

しかしケガや不運により、プロ野球をやめなくてはいけない時がくる。そう「戦力外通告」のドキュメント番組に、どれほど泣いたことか。奥さんのお腹が大きい時に、これはよく起こる。そして契約更新を告げる電話はかかってこない……。

このような元プロ野球選手たちは、友人たちの会社を手伝ったりして、実業の世界に入っていくのである。やがてこの「戦力外通告」選手の中から、すごい経営者が出てくるのではなかろうか。私は信じたい。

一方のサッカー業界というのは、経済界に人材を輩出しているのだろうか。大金を手に入れて起業した人は何人かいるらしい。が、やはり少ないような。サッカーも野球と同じく、若い時に燃え尽きるスポーツなのかもしれない。だからこそ、これほど私たちを熱狂させる。

今朝はまさかのスペイン戦勝利。小躍りしている私がいる。

まずはご飯

本当に甘かったと思う。

小説の話である。

大学の理事長をお引き受けするにあたり、まず考えたのは仕事のこと。任期中は以前のように働けるわけもなく、無理そうな連載はやめることにした。

週刊誌の対談の仕事はとても無理で、特別の時にだけ、という条件をつけさせていただいた。エッセイは、この週刊文春と、もうひとつ女性誌だけを残した。小説は隔月で出している雑誌の連載だけ。

そもそも私たち作家は、たいてい三年サイクルぐらいで仕事をしている。小説の場合は、

「そろそろ連載を始めませんか」

という依頼を受け、半年ぐらいはのらりくらり。そしてお尻を叩かれ、取材を始める。やが

て一年の連載。週刊誌だと三ヶ月か四ヶ月ぐらいか。

そして連載が終わる。今度は校正やらの手直しに三、四ヶ月。本が店頭に並ぶ。その少し前からプロモーション開始。

雑誌や新聞のインタビューを受け、たまにラジオやテレビに出たりする。コロナ以前だとこれにサイン会が加わる。

ご要望があれば、全国いろいろなところに行く。書店の片隅で百人から二百人ぐらいにひたすらサインをし、握手をする。

こうして本が売れれば編集者と喜び合う。

売れなければ（たいていそうだが）、

「今度、がんばりましょう」

と励まし合う。

しかし新しい仕事でこのサイクルが見事に崩れてしまった。新しい連載を引き受けることが出来なくなってしまったのである。

「ま、しばらくは仕方ないか」

諦めていたのであるが、日ごとに不安が募る。

「これで小説の書き方を忘れたらどうしよう」

四十年やっていれば、体にしみついている、と考えるのは楽観的かもしれない。

そんなわけで、短篇を引き受けることにした。いや、その言い方は正確でないかもしれない。夏に小説誌に書く約束をしていたのであるが、

「今はとても無理」

と締め切りを延ばしてもらっていたのである。

まず最初の三十枚は、時間はかかったがなんとか書けた。徳川慶喜の嫡男の妻についての物語である。私の大好きな世界の話なので、前から資料を読んでいたことが幸いした。

そして今月、別の小説誌に三十枚。女性弁護士を主人公にした、いわゆるリーガルもの。もともとは週刊誌に四回の集中連載をした。これが八十枚あった。

「もったいないからシリーズ化して、本にしましょうよ」

と言われた。

そう、本にしなくては。印税が入ってくる。

私は書き始めた。楽勝のはずだった。

ところが、ぱったり十一枚で止まってしまった。

どうひねり出そうとしても、ストーリイが進まないのである。

まだ時間はある。そのままにして一週間が過ぎた。まだ書けない。さすがにリミットが近づいてきた。

「ハヤシさん、明日中に原稿ください」

と編集者からメールが入ってくる。

が、書けないものは書けない。小説の続きのアイデアがまるで浮かばないのだ。

その夜、私は会食があった。おいしい天ぷらを食べながら、ふと頭をよぎる不安。

「書けなかったらどうしよう……」

今までだったら、何とかなる、と思っていた。本当に何とかなってきた。

でも、今回は自信がない。

「もしかすると落とすかもしれない」

作家業四十年、私はそんな屈辱的なことをしたことはない。

なんとかなるだろうと、最後のかき揚げ丼を頰ばる私。

家に帰る。着替えて熱いお茶を飲む。

今日は夜の十二時から、ワールドカップ。日本はクロアチアにあたる。どんなことをしても見なくてはならない。

時計を見る。夜の九時半。仕事場に行って机に向かう。そしてクロアチア戦を見たい一心で、必死に筆を走らせた。

ちなみに私は手書きである。私はさくさく、という感じで書き始める。すると残りの二十枚が難なく書けたのである。

ファックスで編集者に送り、テレビの前に座る。

こういう幸福を何といったらいいだろうか。

もの書きをしていて本当によかったと思う。この達成感は、ちょっと比類のないものだ。

晴れ晴れとした気分で、

「日本ガンバレ！」

とテレビに向かってこぶしをふる私。

と、ここまではよかったのであるが、日本はクロアチア戦に負けてしまった。

一方小説の方はといえば、

「ハヤシさん、あれで終わりじゃないですよね」

編集者からダメ出しがあった。こんなことは何十年ぶりであろうか。

「あれで終わりだと、とても中途半端ですよ。主人公の心境が出ていないような気がします」

若い編集者は、

「こう終えてはどうですか」

と提案してくれる。有難いとは思うが、絶対に言われたとおりにはしたくないと思う。情けないではないか。もっと別のエンディングにしなくては。

そして昨日、五枚の追加を書いて送った。

つくづくわかったことがある。

小説をなめてはいけない。手を止めると本当に書けなくなってしまうのである。世間の人から忘れられる。

そんなわけで、新しい小説の連載を始めることにした。今度は若い女性が主人公である。まずは取材ということで、モデルとなる女性とご飯を食べることとなった。

まずはご飯。こうして小説のサイクルは動き出していく。

ふるさとへ税金

税金の話をすると必ず自慢に聞こえる。

「大変だ、大変」

などと言おうものなら、

「フン、さぞかし儲かっているんでしょうね」

となる。

私レベルではもちろん言いませんよ。世の中には、信じられないような額の税金を納めている人がたくさんいるのだから。

私は印税が入ってくると、まず半分を税金用の口座に動かす。そして残りで経費を払い、生活費をひねり出すのだ。

真面目に粛々とやっている。

しかし、しかし言わせてほしい。年に四回の都民税。あれは本当につらい。その月に収入がなくても、私にとっては結構な額がどかーんとくる。

財務省の知り合いから、たまたまLINEが来たので、

「三月の税金は仕方ないけど、都民税なんとかしてください」

と訴えたら、

「はい。それは国税局ではないので、東京都主税局にお電話回しますね（役人的たらい回し）（笑）」

という返事が。そうなんだ、東京都主税局なんだ。

大昔、独身だった頃、同じくフリーランスの友人と税金について話し合っていた。この時も私は国税については文句は言わなかったが、都民税についてはかなり頭に来ていた。

「週に三回ゴミを取りにくるだけで、あんなにふんだくるなんて」

彼女も同情してくれた。

「あなたはこんなに払ってるんだから、都庁の独身を一人ぐらい紹介してくれてもいいのにね」

まあ、そんなことは笑い話であるが、それから二十年近くたち「ふるさと納税」が始まったのだ。ふるさと、というぐらいだから自分の故郷にするものだろうと、まっさきに山梨県にしたら、あまりおいしくない（当時）地元のワインがきた。当時はふるさと納税をやっているところが少なく返礼品も種類がなかった。

しかし今や、百花繚乱《ひゃっかりょうらん》、ありとあらゆるものが揃っている。テレビのＣＭもやたら流れていて、この時期になると「何を選ぼうか」と、うきうきした気分になってくる私。

「何にしようかな」

スマホで選ぶ。

まずは実用的なものからと、今治のタオルを選んだ。それから別の県の牛肉とウナギを。動物愛護をやっているところがあったら、そこにも納税したい……。

「いろいろ探していたら、面白いものを見つけましたよ」

と税理士さん。

「ハヤシさんの母校の高校で、クラウドファンディングをしてましたよ」

グラウンドに人工芝を張りたいそうだ。

「一・三億円かかるそうですが、まだ九十五万しか集ってません」

最近大学だろうと、高校だろうと母校愛マックスの私は、ここにも寄付。

ところが山梨のふるさと納税のサイトを見ていると、ウクライナ支援をしている市があった。これは全国にもたくさんあるだろう。

話は変わるようであるが、夜、週刊誌を読みながらゆっくりとお風呂に浸るのは、私の至福の時である。それからぬくぬくと暖かいベッドに入る。かかっている羽毛布団は、何年か前にふるさと納税でもらったもの。

が、この頃この時間が楽しくない。それはテレビでウクライナの人たちを見ているから。卑怯なプーチンは、ミサイルやドローンを使い、ウクライナの発電所を集中攻撃している。そのために大規模な停電が起こっているのだ。

ある住民は、テレビのインタビューに答えながらずっと歩きまわっていた。寒くてじっとしていられないそうだ。

氷点下二十度になる地域もあるという国で、何の暖房もないとはなんというつらいことだろう。寒がりの私は考えただけでぞっとする。

何とかならないだろうか。

「石油ストーブを大量に送るのはどうなんだろう」

という友人がいたが、灯油がちゃんと手に入るか不安である。

「使い捨てカイロをどうして送らないのかなあ」

というのは、行きつけの美容院のおニイさん。

「ニュース見るたびにいつも思うよ。ウクライナの人たちにこれ、使ってもらいたいって」

確かにそうだ。テレビでも誰かが言っていたっけ。

「ウクライナに、使い捨てカイロを送ったら喜ばれるんじゃないかな」

これだけ世論が盛り上がっていたら、きっと誰かがやってくれているはずだとグーグルで見たらちゃんとありました。

地方自治体と民間の団体で集めていた。団体の代表の方によると、段ボール一箱分のカイロだと購入費が三千円、送料が三万円だという。法外なお金がかかる。単に善意だけで出来ることではない。

しかし、と私は考える。やはりウクライナの人たちに便利なカイロを使ってもらいたい。この団体も応援するつもりであるが、どこか地方自治体で「ウクライナ・ホッカイロプレゼント」という名目でふるさと納税を募集してくれないものであろうか。そうしたら牛肉やウナギをやめて、ここに寄付するのだけれど。

それからここから先は、ワルグチになるけれども私は言いたい。

結婚式の引き出ものやお祝いに、好きなものをチョイス出来る小冊子をくれる。しかしあいうところの肉やお茶がおいしかったことがない。ふるさと納税も同じ。取り寄せのお肉はいまひとつ。どうしてなのか。見知らぬ人だからこのくらいでいいと思ったのか。

あれこれ考えると、小さな町や村での、

「返礼品なし。〇〇町（村）のために使わせていただきます」

という文字が本当に清々《すがすが》しく見えてくるのである。

私の今年

今年ももう終わろうとしている。

ご存知のように、いろいろなことがあった今年。人生も後半に入り、なんと私はチャレンジングなことをしたのであろうか。

「わ、面白そうかも」

それだけであった。

しかし「面白そう」で来られた大学はたまらないだろう。とにかく一生懸命にやるしかないと覚悟して、頑張った二〇二二年であった。

二〇二三年もつっ走るしかない。が、不安なのは小説を書けなくなったことと以前述べた。

他の人がいい作品を書いたり、連載をしているのを見ると羨ましくてたまらない。

とにかく何か始めなくては、書かなくてはと考える。

このエッセイの連載にしても、最初は途方に暮れた。なにしろ毎日大学本部に行っているからネタがない。

「大学のことを書けばいいじゃん。ネタの宝庫でしょ」

という人がいるが、そんな大切なことを書けるわけないでしょう。あたりさわりのないことを、あたりさわりなくエッセイにするしかない。後半になるとその加減が少しわかるようになった。

今年わが日大本部に初めてクリスマスツリーが飾られた。各学部ではツリーを飾るのであるが、本部では一度もないという。新年には立派な門松が立つらしい。

「だったらクリスマスツリーもお願いしますよ」

総務に頼んだら、パンフレットを持ってきて、

「もう十二月なので、大きいのは売り切れているそうです」

そして、まあ、なんというか、ふつうサイズのクリスマスツリーが来た。

「なんかショボいなあ。来年は表参道のカルティエ座のツリーぐらい、インパクトあるものにしましょうよ。通りすがりのＯＬさんが、みんな撮りにくるような」

とはいうものの、母子連れがやってきてツリーを眺めていったそうだ。よかった、よかった。

ところでこの原稿を書いている二〇二二年暮れ、日本経済新聞の「私の履歴書」は、世界的指揮者リッカルド・ムーティ氏。これがめちゃくちゃ面白い。

クライバーやカラヤンといった巨匠の素顔を知ることが出来るし、それ以上に興味深いのは指揮者という仕事の奥深さである。

以前、日本の有名な指揮者のエッセイを読んでいたら、

「どうして客席を向いて指揮をしないの」

という質問をよくされるとあった。

とんでもない話で、指揮者は公演に向け、オーケストラとリハーサルを重ねていくのである。オペラなら歌手もいる。この際、指揮者は楽譜を読み込み、解釈して自分の音楽をつくり上げていくのだ。

ムーティ氏によると、ロマン派になると記号が増えてぐっとわかりやすい。しかしモーツァルトは、楽譜に音符以外何もないので、そこから多くのものを読み取らなくてはならない。だからこそムーティ氏は、モーツァルトを深く愛しているのである。クライバーも言う。

「楽譜に書かれているものを音にすると、何か魔法が失われるような気がする」

これが指揮者なんだ。

ムーティ氏の連載が始まってすぐ、新国立劇場で「ドン・ジョヴァンニ」があった。モーツァルトの名作オペラである。

途中信じられないほど美しい二重唱があり、私は陶然となる。私の大好きな大好きな二重唱……。

映画「アマデウス」の中で、モーツァルトのライバルは絶望し、神を恨む。

「あんな下品で卑しい男に、神はどうしてあのような素晴らしい才能を与えたのか」

最近この言葉が深くささるようになった。世の中には、神にエコヒイキされている人が何人かいるのだと。そうでなかったら、これほど素晴らしいメロディを書けるはずがない。

しばらくぼうっとなったまま電車に乗った。頭の中で二重唱のメロディをずっと反すうしながら。それにコケティッシュで愛らしいアリア「ぶってよ、マゼット」も加わる。

ちなみに私の家は、小田急線のA駅と京王新線のB駅との間にある。いつもはA駅を使うのであるが、新国立劇場の帰りはB駅を使う。

夜の六時過ぎ、あたりはもう真暗だ。私の前を外国人のグループが歩いていく。近くにJICAがあるため、このあたりは国際色豊かなのだ。

このグループが前を塞いでいるので、それを避けるために遊歩道の中に入った。「ぶってよ、マゼット」のメロディを口ずさみながら。

やがて気づいた。いつもの道ではない。そろそろ左に曲がる道があるはずなのに見つからないのである。

どうしようと、本気で怖くなった。認知症の初期に起こることは、家への帰り道がわからなくなることだというではないか。

「落ち着け、落ち着け」

自分に言い聞かせる。心臓がドキドキしてきた。

とにかく元来た道を戻った。必死で歩いた。やがて見憶えのある信号が。何のことはない、遊歩道を歩いたために、角を見過ごしていたのである。

とはいうものの、最近の失敗の多さは尋常ではない。私は昔からソコツ者と言われていたが、信じられないようなことばかり起こる。スケジュールや数字は間違え、固有名詞はまるっきり出てこない。ボケる日も近いのではなかろうか。仲よしの精神科医和田秀樹さんは言う。

「ハヤシさんはきっとやさしくて穏やかにボケますよ。それでいいじゃないですか」

まだ書ける認知症の初期の頃に、神さまがちょっと飴玉をくれないだろうか。突然すごい小説が書けるようになるとか、手が勝手に動くとか……。

とにかく元気なうちに小説を書かなくては、と心に決めた私である。

来年もよろしく。

特別編
やんちゃ坊主海老蔵が團十郎になる日

あのやんちゃ坊主だった市川海老蔵さんが、ついに襲名して「十三代目市川團十郎白猿《はくえん》」になる――。二〇二〇年五月から始まる予定だった襲名披露公演は残念ながらコロナ禍で延期されたままですが、とても感慨深いものがあります。

実は私、まだ高校生で新之助と名乗っていた海老蔵さんと同じところで、日本舞踊の稽古をしていました。藤間藤太郎《ふじまとうたろう》先生のところに、私は三十代後半の六年間習っていましたが、そこに海老蔵さんは女形の踊りの稽古のために通っていたんです。

最初の発表会、私は国立劇場で『藤娘《ふじむすめ》』を披露しました。私が「どっこいしょ」って感じで立ち上がったら、爆笑が起きた。それを見に来ていた海老蔵さんは鮮明に覚えていたそうで、二十年以上経ってから、最近こう言われました。

「あれは、どういう神経でやったの？」

別に人様からお金をとっているわけじゃないからいいじゃないですかって言い返しましたけど、失礼しちゃいますよね（笑）。

初めて会った頃の海老蔵さんは、まだ遊びたい盛りで、かわいらしいやんちゃ坊主という感じでした。

私が「あなた、梨園の御曹司なんだから」って言ったら、「リエンって何？」って聞き返してきたほど。「菊之助と近くで待ち合わせしてる」と言うから、「私も行っていい？」って聞いたら、「ダメ」ってはっきり答えました。稽古が長引くと、「先生、もうわかったからいいよ」とか言って、師匠に怒られていたこともありました。

そして、海老蔵さんが二十歳ぐらいの頃のこと。尾上菊之助さんや尾上辰之助（現・松緑《しょうろく》）さんと三人で〝平成の三之助〟と呼ばれ、次代の歌舞伎界を担う若手役者として脚光を浴びていました。

雑誌の対談でお目にかかったら、照れ屋さんでわがままでムラッ気がある御曹司でしたが、「父親をいちばん尊敬している」ときっぱり言い切る姿に驚いたものです。当時流行っていた「たまごっち」をいじって、私の話なんかあまり聞いていなかったけど（笑）。

でも、舞台の上だとほんとうに見栄えがいい。体も大きいし、目もお父さん譲りですごくきくし、女形をやってもきれいでした。

新之助時代の海老蔵さんが初めて『鏡獅子《かがみじし》』（『春興《しゅんきょう》鏡獅子』）や『助六《すけろく》』（『助六由縁江戸《ゆかりのえど》

桜《ざくら》』）を演じたのを見たことは、歌舞伎デビューが三十代と遅かった私にとって自慢です。役者が初舞台や初役を踏み、成長していく姿を見守るのも、歌舞伎の楽しみのひとつですから。まだ十代半ばだった頃の『鏡獅子』の踊りには見惚れてしまいました。奥女中の弥生の初々しい踊りと、獅子の精の勇壮で豪快な踊りを見事に演じわける姿は、歌舞伎座で鳴り止まなかった拍手とともに、いまでもよく覚えています。

また、歌舞伎十八番のひとつ『助六』の花川戸助六を演じたときのこと。長身で美しい助六が花道からさっそうと登場するやいなや、客席全体から「ほう……」というため息が漏れました。

額に江戸紫のはちまき、黒紋付の下に緋色の襦袢、綾瀬の帯と鮫鞘の刀と印籠、蛇の目傘――いなせな江戸っ子姿がよく似合うんです。

『玄冶店《げんやだな》』（『与話情浮名横櫛《よわなさけうきなのよこぐし》』、源氏店の場）の〝切られ与三〟も印象深いですね。江戸の小間物屋の若旦那だった与三郎は放蕩して、木更津の縁者に預けられてしまう。そこで出会ったのが深川の芸者で、土地の親分に身請けされたお富。二人の恋はバレてしまい、与三郎は斬られ、海に投げ込まれて行方知れずに。何とか一命をとりとめて無頼漢となった与三郎は、後を追って死んだはずのお富と再会するというストーリーです。

お富の家の前で使いの者を待つすらりとした立ち姿。手拭いをかぶった横顔に、男の美しさや弱さ、甘さ、狡さが凝縮されていた。思わずうっとりしました。

「いやさお富、久しぶりだなあ」の名ぜりふにはしびれましたね。

振り返って考えてみると、私は完全に海老蔵さんの〝追っかけ〟でした。二〇〇四年、「十一代目市川海老蔵」を襲名したとき、パリの披露公演にも行きました。このときは、ルイ・ヴィトンがスポンサーをしていたと思います。

役者さんたちと偶然ホテルが一緒で、朝食を摂っていたら、海老蔵さんが通りかかって、「見に来たよ」と写真を撮ったり。パリ・シャイヨー宮での公演は、海老蔵さんは、フランス語での口上はたどたどしかったものの、『鏡獅子』と『鳥辺山心中《とりべやましんじゅう》』を堂々と演じられていました。

好きな役者さんは、海老蔵さんのほかにもいます。多すぎてお名前をあげるとキリがないですが、なかでも見惚れてしまうのは坂東玉三郎さん。玉三郎さんと出会わなければ、私はこれほど歌舞伎好きにはならなかったかもしれません。

たとえば、『助六』で演じた揚巻《あげまき》。舞台は吉原遊郭で、傾城《けいせい》（最高位の遊女）の揚巻が豪華な行列をなして登場します。玉三郎さんの揚巻は、およそこの世の人とは思えないほどの美しさ。もともと端正なお顔立ちですが、手の出し方、男性を見上げる表情、首の角度、お化粧や身のこなしにいろいろな工夫がされている。江戸時代の男性が考えた「理想の女性」を超えて、女性すら美しいと嘆息する女性を作り上げているのでしょう。「酔ったわなあ……」としな垂れる揚巻の姿に目が釘付けでした。

旧歌舞伎座の閉場式で、ずらりと一堂に会した役者のなかで、玉三郎さんの『道成寺《どうじょうじ》』（『京《きょう》鹿子娘道成寺《かのこむすめ》』）の踊りは素晴らしかった。その最後に、玉三郎さんが後ろ向きで、いちばん前の席で見ていた私の膝の上に投げ入れてくれた手拭い。私の一生の宝物です。

玉三郎さんと片岡仁左衛門さんが共演した『桜姫東文章《さくらひめあずまぶんしょう》』、『東海道四谷怪談《とうかいどうよつやかいだん》』などは全部見ています。妙にひねくり回さない、心のこもったお芝居だと思います。

いまの歌舞伎界は、年齢といい実績といい、仁左衛門さん、玉三郎さんが引っ張っています。そして、尾上菊五郎さん、松本白鸚《はくおう》さん、中村芝翫《しかん》さん。さらに、松本幸四郎さん、中村獅童さん、中村勘九郎さん・七之助さん兄弟、市川猿之助さん、市川中車さん、尾上松也さんといったテレビのドラマでも活躍する方々が続く。

大御所と若手をつなぐ要だった中村勘三郎さんや坂東三津五郎さんが、相次いで亡くなられたことは、実に惜しいことでした。

たくさんの歌舞伎役者の方に雑誌の対談などでお目にかかりました。とりわけ勘三郎さんは、感激屋で仲間思い、こうと決めたら果断に実行する強い信念をお持ちの方でした。

三十歳を過ぎてから歌舞伎を見に行くようになった私にとって、勘三郎さんが手掛けたコクーン歌舞伎や平成中村座が、わかりやすく、面白かったことに救われました。

たとえば、劇中で、「御用だ」と岡っ引きに追われる。すると、役者さんたちの後ろの搬入用の扉が開き、渋谷の通りの風景が見える。本当に追われているような演出がされるんです。

客席の間を逃げ回ったり、ロビーには屋台がずらっと並んでいたり……とにかく楽しい。客席にいる私を見つけた勘三郎さんが「夜ふけのなわとび～」と舞台で縄とびをされたこともありました。

勘三郎さんは交友関係も広く、演出家の野田秀樹さんと組むなど、歌舞伎に新しい風を入れました。勘三郎さんのすごいところは、革新の一方で、伝統的な古典にもしっかりと取り組んだことです。仙台藩のお家騒動を下敷きにした『伽羅先代萩《めいぼくせんだいはぎ》』では、威厳と優しさをもった乳母《めのと》・政岡が忘れられません。小悪党が大店の娘を誘拐して身代金を取ろうとする『髪結新《かみゆいしん》三《ざ》』（『梅雨《つゆ》小袖昔八丈《こそでむかしはちじょう》』）では、新三の勘三郎さんが舞台に登場するや、劇場の空気がさっと江戸の初夏に変わったものです。

勘三郎さんは自らを「歌舞伎界の広報部長」とよく言っていましたが、歌舞伎と見物人を繋いでくれた。私がこうして歌舞伎にハマれたのは彼のおかげです。

このように、贔屓《ひいき》の役者を〝追っかけ〟してみるのは、歌舞伎初心者にはおススメです。最初のうちは、踊りがあったり、一幕の時間が短いものや明るく華やかで分かりやすい演目がいいでしょう。

『助六』『勧進帳《かんじんちょう》』以外にも、成田屋の歌舞伎十八番の内『暫《しばらく》』『鳴神《なるかみ》』『毛抜《けぬき》』、河竹黙阿弥《もくあみ》の『三人吉三巴白浪《さんにんきちさともえのしらなみ》』『白浪五人男《しらなみごにんおとこ》』（『弁天娘女男白浪《べんてんむすめめおのしらなみ》』）、鶴屋南北の世話物『四谷怪談』、舞踊なら『道成寺』や『藤娘』、『お祭り』などが間違いなく楽しめる演目です。

初心者にはイヤホンガイドが必須。「西から登場いたしましたのは〜でございます。いなせなこの男、風呂から帰って参ります。肩への手ぬぐいのかけ方にご注目下さい」などと、見るポイントを解説してくれます。

歌舞伎に詳しい人と一緒に行って、帰りにお茶でも飲みながら何が良かったか感想を言い合うのもいい。

そして、歌舞伎は庶民の楽しみで、堅苦しいものではないと知ること。これが一番大切です。

以前、ある役者さんに、「歌舞伎はなぜあんなに長いんですか」と聞いたことがあります。すると、

「その世界にどっぷり浸かってもらうには、ある程度長くないと難しいんです」

とのこと。

ただ、なにも最初から最後まで集中する必要はありません。幕間にお弁当を食べて、眠くなったら寝ればいい。ちょうど目覚める頃に、再び見せ場が来ていますから（笑）。

私は毎月歌舞伎を見に行っていて感じるのですが、観客の高齢化が進んでいます。コロナ禍の真っ只中は、二千ほどの席にお客さんがわずか二十数人ということもありました。

二十年ほど前は、若い女性向けの雑誌などでも「浴衣を着て歌舞伎に行こう」などという特集があったのですが、いまでは若い女性客の姿はあまり見かけません。ご年配の方々もセーターにズボンとラフないでたち。着物とまでは言わずとも、もう少しおしゃれをしていらしたら

いいのにと思いますが。

なぜ、歌舞伎を見る人が減っているのか。

次のスターがなかなか現れないことが大きな原因ではないでしょうか。

いみじくも、海老蔵さんが〝たまごっち少年〟だった十九歳のとき、私との対談でこうおっしゃっていたんです。

「僕たちの世代でもっと問題が出てくるような気がするんです。役者が少ないですからね。血を引いている人間が」

あれから二十数年が経って、彼自身は相変わらず、当代随一の色男。不思議なことに、テレビにほとんど出演しないにもかかわらず、歌舞伎を見ている人も少ないのに、彼の知名度は抜群で、お客さんを呼べる、まさに千両役者です。

プライベートの話題がお盛んで、役者としての資質を疑う声も一部にはありますが、役者なんて舞台に立ってナンボなんです。

海老蔵さんには、歌舞伎界の危機を受け止め、責任を全うして欲しいと思うのです。六本木歌舞伎などに力を入れるのもいいですが、やはり本場の歌舞伎座の舞台にこそ立って欲しい。

團十郎を襲名するということは、歌舞伎界の〝本家〟を継ぎ、リーダーになるということ。

團十郎は成田不動への信仰から、自ら「生き不動」に扮する神霊事《しんれいごと》や、超人的な力で悪を畏服させる荒事《あらごと》を家の芸とし、元禄の昔から三百年以上にわたって脈々と継がれてきた大名跡なんです。

成田屋の歌舞伎十八番で華やかな襲名披露をしていただきたい。

コロナも、不景気もみんな吹っ飛ばす、にらみを待っています！

（「週刊文春」二〇二一年五月五・一二日号）

初出　「週刊文春」二〇二二年一月一三日号〜二〇二三年一月五・一二日新年特大号

林真理子（はやし・まりこ）

一九五四年山梨県生まれ。日本大学芸術学部を卒業後、コピーライターとして活躍。八二年エッセイ集『ルンルンを買っておうちに帰ろう』がベストセラーとなる。八六年「最終便に間に合えば」「京都まで」で第九四回直木賞を受賞。九五年『白蓮れんれん』で第八回柴田錬三郎賞、九八年『みんなの秘密』で第三二回吉川英治文学賞、二〇一三年『アスクレピオスの愛人』で第二〇回島清恋愛文学賞を受賞。主な著書に『葡萄が目にしみる』『不機嫌な果実』『美女入門』『下流の宴』『野心のすすめ』『最高のオバハン　中島ハルコの恋愛相談室』『愉楽にて』などがあり、現代小説、歴史小説、エッセイと、常に鋭い批評性を持った幅広い作風で活躍している。『西郷どん！』が二〇一八年のNHK大河ドラマ原作に。同年紫綬褒章受章。二〇二〇年には週刊文春での連載エッセイが、「同一雑誌におけるエッセーの最多掲載回数」としてギネス世界記録に認定。同年菊池寛賞受賞。二〇二二年野間出版文化賞受賞。同年日本大学理事長に就任。近著に『小説８０５０』『李王家の縁談』『奇跡』『成熟スイッチ』がある。

マリコ、東《とう》奔《ほん》西《せい》走《そう》

二〇二三年三月二〇日　第一刷発行

著　者　林《はやし》　真《ま》理《り》子《こ》

発行者　花田朋子

発行所　株式会社　文藝春秋

〒一〇二―八〇〇八

東京都千代田区紀尾井町三―二三

電話　〇三―三二六五―一二一一

印刷所　凸版印刷

製本所　加藤製本

ＤＴＰ　言語社

ISBN 978-4-16-391671-2